KB266901

엄마 찾아 3만 리

효자 김천金遷 이야기

한국사 비사秘史 열전

2

엄마 찾아 3만 리

효자 김천金遷 이야기

장원섭 글

푸른영토

우리 역사 속 시간 여행을 이어가며

예로부터 우리 전통사회에서 효孝는 부모를 정성껏 잘 섬기는 도리 또는 일을 뜻하며, 오랜 세월 동안 한국 사회를 지탱해 온 중심 윤리이자 가족 질서를 유지하는 핵심 가치로 자리매김해왔다. 사회 공동체에 대한 책임을 중시하는 충忠과 함께 가장 중요하게 여겨온 가치관이었다.

공자는 효의 기본적인 관념으로서 공경심을 강조하며, 봉양하는 일도 중요하지만 공경하는 마음敬이 관건이라고 하였다. 즉, 웃어른에 대하는 태도로 존경하는 마음가짐이 먼저라는 것이다.

그가 가르친 '효'라는 덕목은 사람됨의 기본 조건이자, 국가와 가정의 질서를 유지하는 윤리적 기준이 되었다. "효를 다하지 않으면 사람이라 할 수 없다."라는 인식은 이러한 사회적 배경 속에서 전통문화의 중심으로 자리 잡았다.

오늘날 현대 사회에서 산업화와 도시화가 진행되면서 개인주의 확산과 저출산, 고령화로 그동안 전승되어 오고 있던 전통적 효의 실천 방식과 의미가 흔들리고 있다.

일방적이고 의무적이었던 효도의 전통적인 의미가 퇴색하고, 일방적인 의무에서 벗어나 부모에 대한 정서적 유대를 중시하는 개념으로 변화하고 있다.

그러나 시대가 아무리 흘러 첨단시대로 간다고 해도 기술의 발달은 전통적인 가치의 근간인 효의 관념을 보완하는 수단으로 작용할 것이다. 부모와 자식은 첨단기술이 제공하는 소통 공간을 통해 서로의 관심 속에서 함께 존경과 사랑하는 마음을 나누고 느끼게 될 것이다.

이 책의 이야기는 『고려사高麗史』 「열전列傳」에 실린 '효우 김천孝友金遷'의 실화를 소재로 엮은 것이다.

고려 후기 몽골의 제6차 침입 당시, 몽골군에게 포로로 잡혀간 어머니와 동생을 구해온 효자 김천의 전설 같은 이야기는 오랜 세월 효행을 강조하는 우리 민족 정서에 교훈으로서 자리매김해 왔다.

이 고사를 당시의 시대적 상황에 맞게 재구성하기로 한

것은 필자의 은사恩師이신 정구복鄭求福(한국중앙연구원 명예교수) 선생님의 권유로 시작되었다.

선생님은 필자에게『고려사』「열전」효우편孝友篇에 실려 있는 효자 김천의 이야기를 꼭 세상에 널리 알려야 할 필요가 있다고 역설하셨다.

선생님께서는 오늘날과 같이 갈수록 핵가족화되는 추세로 1인 가구가 점점 늘어나면서 전통적인 가정의 의미가 퇴색되어 가는 현실을 늘 안타까워하셨다. 그러므로 자식 된 도리를 되새기는 의미에서도 이 고사는 널리 알릴 필요가 있다는 것을 강조하셨다.

필자도 이에 적극 공감하고 이 고사에 '엄마 찾아 3만 리'라는 부제副題를 붙여 두 번째 이야기로 풀어 보았다

1259년(고종 46년) 산길대왕散吉大王 등이 지휘하는 몽골군이 강원도 동해안 명주溟州(지금의 강릉시 일원)까지 쳐들어왔다. 이때 명주지방은 거의 초토화되다시피 하여 그 피해가 극심했는데, 특히 많은 사람이 몽골군에게 포로가 되어 만주로 끌려갔다.

김천의 어머니와 동생도 이때 몽골군에게 포로로 잡혀갔다. 당시 그의 나이가 불과 15세였다.

전쟁이 끝나자 몽골군에 끌려간 사람 가운데 도중에 죽은 사람이 부지기수였다는 소문이 들려왔다. 김천 가족은 어머니와 동생도 결국 돌아가셨을 것이라 여기고 해마다 제사를 지냈다.

14년 뒤 어느 날, 김천은 몽골에서 돌아온 사람을 통해 어머니가 원나라에서 노비로 살고 있다는 편지를 받았다.

김천의 가족들은 몸값을 지불하고 어머니와 동생을 구해오려고 노력했으나 번번이 실패했다. 그러나 각고의 노력 끝에 1276년(충렬왕 2년) 마침내 원나라에서 어머니를 모시고 귀국할 수 있었다. 포로로 끌려간 지 무려 17년이 되던 해였다.

다시 6년이 지난 뒤에는 동생까지 몸값을 지불하고 데리고 왔다. 어머니와 동생을 구해오기까지 무려 23년이나 걸린 것이다.

나라에서는 정려旌閭를 내려 김천의 효행孝行을 후세에 기리도록 했고, 사람들은 그의 고향인 강릉시 옥계면 현내리의 두릉동杜陵洞(일명 효자리)에 효자각孝子閣을 세웠다.

강릉 김씨江陵金氏 가문을 빛낸 효자 김천의 슬프면서도 깊은 감동을 주는 아름다운 전설과 같은 이야기는『고려사

高麗史』권 121「효우열전孝友列傳」에 실려 오늘에 전한다.

필자는『고려사』에 실린 자료를 바탕으로 고려 시대 최고의 효자 반열에 올라 오늘날까지도 우리에게 '효'의 의미를 되새기게 해주는 김천의 이야기를 세상에 널리 알리기 위해 당시의 상황을 역사적 상황에 맞게 재구성하여 이 글을 썼다.

앞으로도 독자 여러분은『한국사 비사 열전』시리즈를 통해 자투리 한국사의 흥미진진한 스토리텔링 진수眞髓를 맛볼 수 있을 것이다.

2026년 2월

양주 천보산 자락에서 장원섭

차례

저잣거리의 만남

시장통이 있는 큰길가로 들어서자 사람들이 북적거렸다. 며칠 동안 집에 틀어박혀 뒹굴었더니 좀이 쑤시던 참이었다.

오늘은 5일마다 돌아오는 장이 서는 날이다. 그에게는 발걸음을 서둘러야 할 이유가 있었다.

'나 원 참… 궁금해서 견딜 수 있어야지….'

김순金純은 혼잣말을 중얼거리며 시내로 들어섰다. 거리에는 벌써 장터로 향하는 사람들이 많아졌다. 모두 머리에 이고 등에 진 모습이 여느 때와 같았다.

그가 이상한 소문을 들은 것은 며칠 전이었다. 그날도 여느 때처럼 바닷가 해변 안목安木의 친척 집에 들러 임연수 몇 마리와 마른 오징어 한 축을 샀다.

늘 그랬듯이 돌아오기 전에 친구들과 어울려 막걸리를 마시고 일어서려는데, 누군가가 원元나라에서 왔다는 어떤 사람이 며칠째 시내 주막을 돌며 사람을 찾고 있다는 말을 하는 것이다.

그런가 보다 하고 일어서는데 귓전을 때리는 이름이 들렸다. 자리를 털고 일어서던 김순이 놀라 소리를 질렀다.

"뭐라구? 지금 자네 뭐라고 했나? 찾는 사람 이름이 뭐라구?"

"아이… 깜짝이야. 자네 왜 그래…?"

김순이 순간적으로 버럭 소리를 지르는 바람에 같이 있던 친구들이 모두 화들짝 놀라 일제히 김순을 쳐다봤다.

"아니. 아니… 그러니까… 찾는 사람 이름이 뭐라구? 해… 해장…?"

"아. 그렇다니까. 김해장이라 하더라고. 김해장."

"정말인가? 김해장이라고 하던가?"

"아. 글쎄… 맞다니까. 어디 사는 사람이라는 건 모르겠고 그냥 강원도 명주 사람이라는 거야. 뭐라고 그러더라? 아… 뭐 전해 줄 편지가 있다고 하더라고. 편지…."

"편지?"

"그 해장이라는 사람 모친이 쓴 편지라는 거야. 지난 전쟁통에 포로로 끌려가서 원에서 종살이한다고 했지…. 아마… 자세한 건 잘 모르겠고. ”

“모친이 포로로 잡혀 종살이를 한다고? 누가 그러던가? 누군가? 그 사람이… 어디 있나? 응? 좀 만나봐야겠네.”

김순이 보따리를 내려놓으면서 친구 앞으로 바짝 다가앉았다. 사람들은 두 사람의 대화에 흥미를 보이며 귀를 쫑긋 세웠다. 김순은 침을 꿀꺽 삼키며 막걸리를 한 사발 가득 따랐다.

“나도 전해 들었는데…. 시내 장거리에 가서 주막을 찾아보게. 그 원나라에서 왔다는 사람이 장날이 되면 장터에서 수소문하며 돌아다닌다고 하던데…. 그런데 자네 왜 그래? 아는 사람이야?”

“아… 아니. 이름이 같고… 혹시 아는 사람인가 해서….”

막걸리를 비운 김순이 자리에서 일어나 서둘러 작별 인사를 했다. 그는 안목 마을 어귀를 돌아 시내로 향했다. 집이 있는 경포호 초입의 마을 초당草堂과는 반대 방향이었다.

그는 흥분된 마음을 가라앉히려고 계속 심호흡을 했다. 논둑길을 가로질러 시내로 들어선 김순은 시장터에서 제일 큰 주막에 들어갔다. 친구가 알려준 바로 그 주막이었다.

안목安木 마을 이름의 유래

안목安木은 대관령에서 흘러내리는 남대천 하구의 바다와 연접해 있는 어촌으로 고려 시대에는 '견조見潮'라고 불렀다. 그런데 안목 마을 앞의 봉우리인 견조봉堅造峰에 올라가 남대천에서 흘러온 물이 바다로 빠지는 것을 보면 물살이 흐르는 모습을 볼 수 있다고 하여 '견소見召'라고 부르기도 했다. 『대동여지도』에는 '견조'로 표시되어 있다.

견조봉은 원래 육지와 약간의 거리를 두고 떨어져 있는 작은 섬이었으나 해류의 작용 때문에 육지와 섬 사이가 모래로 연결되었다. 조선 시대에는 이 견조봉에 봉수대가 있었는데 소동산 봉수로 불렸다.

견조봉에 오르면 탁 트인 동해가 끝없이 펼쳐져 있고 좌우로는 솔밭 사이로 길게 늘어선 백사장이 너무나 아름다운 곳이다. 고개를 돌려 서쪽으로 바라보면, 강릉 시내 너머 멀리 병풍처럼 길게 이어지는 대관령 봉우리가 구름 사이로 아득하게 들어오기도 한다.

이 마을을 '앞목' 또는 '안목安木'이라 부르는데 이는 견소동 마을 전체의 지명이기도 하다. 원래는 물 건너 남쪽의 남항진과 한 마을이었으나 현재는 남대천이 가운데를 가로질러 흐르는 바람에 다른 마을이 되었다.

'앞목'이란 '남항진에서 송정으로 가는 마을 앞에 있는 길목'이란 뜻으로 붙여진 이름이다. 오늘날에는 강릉항으로 이름을 바꾸어 새 단장을 했

안목해변 전경

는데, '강릉 커피 거리'로 알려지면서 많은 관광객이 찾고 있는 동해안의 대표 명소가 되었다.

"아유… 어서 오시라요. 호호….”

손님도 없는 초저녁이라 주막은 한산했다. 부엌에 있던 주모가 반색을 하며 그를 맞이했다. 간단한 술상을 마주한 김순은 자기가 들은 이야기를 주모에게 풀어놓았다.

주모는 얼마전부터 원나라에서 왔다는 고려인이 장마당을 돌며 명주 우계현 사람 김해장이라는 사람을 아는 이를 수소문하며 찾고 있다는 이야기를 해주었다.

주모의 이야기를 들으며 김순은 그 원나라에서 왔다는 고려인이 찾는 이가 친구가 맞을 거라는 확신이 들었다. 그는 흥분되는 가슴을 진정시키며 마른침을 꿀꺽 삼켰다.

그는 주모에게 며칠 후 장날에 이곳으로 일찍 올 것이니 만약 그 고려인이 그날 다시 오거든 자기가 올 때까지 꼭 붙잡아 달라고 부탁했다.

주모는 막걸리를 사발에 따르면서 걱정하지 말라고 눈을 흘기며 웃었다. 그는 주모에게 단단히 다짐을 받은 다음 자리에서 일어났다.

밖은 벌써 어두워졌다. 시내를 벗어나 다시 논밭을 가로질러 집으로 향했다. 바닷가 솔밭길로 들어서니 바닷바람이 얼굴을 스쳤다. 소금기를 가득 머금은 바닷가 특유의 냄새가 상쾌했다.

맑은 하늘에 은하수 사이로 별똥별 하나가 가로지르며 흘렀다. 강 건너 듬성듬성 켜있는 불빛이 보였다. 마을에서 개 짖는 소리가 들렸다.

솔밭 길을 걸으면서도 김순은 곰곰이 생각에 잠겼다. 우연히 전해 들은 소문이었지만 원나라에서 왔다는 사람이 저잣거리를 돌며 명주 사람을 찾고 있다는 것과, 찾는 사람 이름이 김해장이라는 것이 예사롭지 않았다.

그것도 모친이 원나라에 포로로 잡혀가 노비로 생활하고 있다고 하지 않는가? 그렇다면 그 김해장이라는 사람은 그가 알고 있는 사람일 수도 있다고 생각했다.

'해장이라고…? 혹시 내가 아는 김해장金海莊, 그가 아닐까?'

오랜 전쟁 기간에 자신이 이렇게 살아남은 것만 해도 믿기지 않은 일인데, 어쩌면 고향 사람을 만날 수 있을 것 같다고 생각하니 가슴이 뛰기 시작했다.

"애고. 아침에 나간 양반이 지금에사 오우?"

집 마당으로 들어서는 김순을 발견한 그의 아내가 두부를 쑤던 주걱을 들고 그의 아래위를 훑어보며 눈을 흘겼다.

평소 같으면 해가 지기도 전에 돌아왔을 터인데, 오늘은 아무런 말도 없이 나간 사람이 해가 지도록 돌아오지 않으

김해장과 김순

강릉부 옥계玉溪(지금의 강원특별자치도 강릉시 옥계면)는 원래 고구려 우곡현羽谷縣으로 옥당玉堂이라고도 불렀다.

신라 경덕왕 때 지금의 명칭인 옥계로 고쳐 삼척군의 속현으로 만들었는데, 고려 현종 9년(1018)에 강릉부에 속하게 되었다.

고려사 기록에 의하면, 김순은 김천(김해장)의 어릴적 친구로 강원도 정선사람이었다. 그러나 그는 어릴 때 가족을 따라 이곳으로 이사와서 어린시절을 이곳에서 보냈다.

몽골의 고려 5차 침입으로 동해안을 휩쓸고 지나갈 때 그도 가족을 따라 마을 사람들과 함께 백두대간 산골짜기 속으로 숨어들었다. 그때가 그의 나이 15살이었다.

몽골군이 물러갔다는 소식을 듣고 다시 마을로 돌아왔지만, 마을은 이미 성한 곳 없이 폐허가 되어있었다. 부서진 집을 고치고 농기구를 다시 찾아 폐허 된 마을을 다시 복구하는 데에는 많은 시간이 필요했다.

더욱 가슴 아픈 것은 피난 중에 잃어버린 가족들이 너무나 많았다는 것이었다. 가족 모두가 온전하게 남은 집은 거의 없었다. 노부모들은 부모를 잃은 어린 손자와 손녀들을 안고 망연자실할 뿐이었다.

그가 살던 옥계 현내리는 강릉 김씨 집성촌이었다. 작은 마을의 몇몇 집

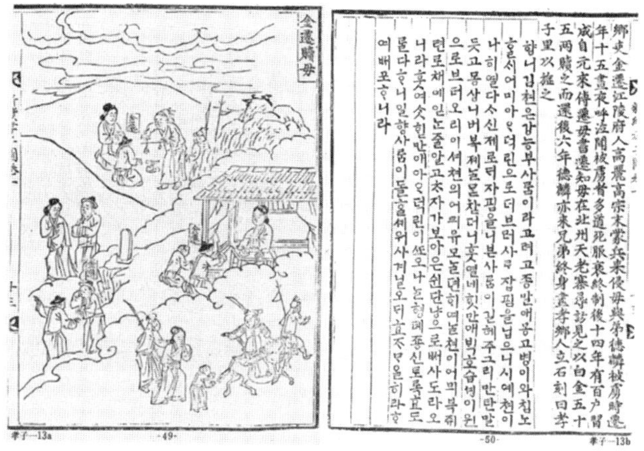

김천이 어머니를 사다 金遷贖母. 『동국삼강행실도』

을 빼고는 대부분은 강릉 김씨 집안사람들로 친척들이었다. 이번에 소식을 들은 김해장도 같은 집안의 동갑내기로 마을에서 함께 자란 친구였다.

몽골군이 마을로 가까이 도달했다는 급보가 전해지자 촌장은 마을 사람들을 이끌고 다투어 골짜기를 따라 백두대간으로 숨어들었다. 대부분의 마을 사람들은 피난했지만, 김해장의 가족들은 들이닥친 몽골군에게 잡히고 말았다.

김해장의 아버지와 삼촌들은 어린 그를 데리고 달아나는데 성공했지만, 그의 어머니와 어린 동생은 실종되고 말았다.

김해장의 부친 김종연은 가족을 골짜기로 안전하게 피신시킨 다음, 아내와 막내 아들을 찾아 다시 마을로 돌아왔다. 그러나 몽골군이 지나간 마을은 이미 폐허가 되었고 그들의 흔적을 찾을 수 없었다.

나중에 마을 사람 중에 그의 아내와 아들이 몽골군에게 포로로 끌려가는 것을 봤다고 전해 주는 사람이 있었다. 살아있다는 소식을 들은 게 다행이지만, 어느 곳에서 말 못할 고초를 겪고 있는 것은 아닌지 염려가 끊이지 않았다.

몇 년 후, 김순의 가족은 가산 일부를 정리하여 마을을 떠나 강릉부로 이사했다. 그리고 결혼 후에는 경포호 주변의 초당마을에 주막을 열고 두부 장사를 하면서 생계를 이어가고 있었다.

간간이 오가는 사람을 통해 고향 소식을 듣고 있었는데, 그중에는 김해장이 강릉부 향리鄕吏가 되어 옥계현에 근무하고 있다는 소식도 들려왔다.

김순이 최근에 들었던 소식이 바로 고향 마을 친구인 김해장이 아닐까 하는 강한 믿음의 이유가 바로 여기에 있었다.

니 걱정이 됐던 참이었다.

"오늘 장사는 좀 어땠소?"

김순은 아내의 눈길을 애써 피하며 부엌으로 들어가 슬며시 가마솥을 열어 보았다. 두부가 몇 모 남지 않은 걸 보면 장사가 그런대로 된 모양이다.

김순은 아내에게 자초지종을 이야기했다. 그리고 자기 생각에는 어쩌면 우리가 아는 그 고향 사람 김해장일 수도 있을 것 같은 느낌이 든다고 말했다.

소반에 담은 두부에 무김치를 곁들여 남편 앞으로 밀던 아내가 반색하며 맞장구를 쳤다.

"아이고… 그래요. 그래. 그 사람이 맞았으면 좋겠네. 그나저나 그 사람이 맞는다면 어머니도 살아계신 거고…. 당신 빨리 옥계를 다녀와야 하는 게 아니오?"

그러다가 이내 얼굴빛이 어두워졌다. 원나라에서 노비로 생활한다는 게 마음에 걸린 것이다. 그래도 살아있는 게 어디냐며 다시 안도의 숨을 쉬었다.

"그 원나라에서 왔다는 사람을 만나보면 알겠지. 기다려 봅시다."

김순에게는 불과 5일 간격으로 이어지는 장날이지만 막상 일이 이렇게 되고 보니 기다리는 것도 아주 길게 느껴졌다. 이제 사흘 후면 장날이다. 그는 막걸리 잔을 입으로 가져가면서 다시 생각에 잠겼다.

기다리던 장날이 돌아왔다. 김순은 아침 일찍 서둘러 집을 나와 강릉 시내 장터로 향했다. 멀리 대관령이 점점 가까워졌다. 그의 걸음도 점점 빨라졌다.

마침내 시장통 어귀에 이르렀다. 사거리를 지나 장터 뒷골목으로 들어섰다. 뒷골목이라고는 해도 장날이었기 때문에 우마차가 오가는 대로변과 별 차이가 없을 정도로 사람들이 제법 붐볐다.

김순은 사람들 사이를 헤집으며 제법 널찍한 공터에 있는 주막으로 들어섰다. '해동객잔海東客棧'이라고 커다랗게 써 붙인 글자가 바람에 펄럭이고 있었다.

주막 입구에서는 해진 옷을 걸친 아이들이 주막을 드나드는 사람들을 따라 다니며 구걸하고 있었다.

객잔 마당을 들어서자 진하게 우려낸 해장국 냄새가 진동했다. 중천에 뜬 해가 제법 따갑게 느껴졌다. 주막 안과 마당에는 사람들로 붐볐다.

점심때가 가까워지자 주막을 찾아 들어서는 사람들이 점점 늘어났다. 시장기를 느낀 김순도 마당을 지나 객잔 안채로 들어서서 구석에 자리를 잡았다.

김순을 알아본 주모가 앞치마로 손을 닦으면서 다가왔다. 부엌 입구에 앉아 두 사람을 지켜보고 있던 누렁이가 꼬리를 흔들며 주모의 바지 고쟁이에 코를 대고 킁킁거렸다. 주모가 발로 누렁이를 슬쩍 밀치며 웃었다.

"오셨네요… 호호호. 이쪽으로….”

며칠 전 미리 연락해 둔 터라 주모가 안쪽을 가리키며 들어가라는 시늉을 했다.

안으로 들어서자 후텁지근한 열기가 몰려왔다. 창문을 열어놓기는 했지만, 사람들이 제법 많아서 그런지 그 열기를 몰아내기에는 아무래도 어려운 것 같았다.

"어떠우? 몽골에서 왔다는 그 사람을 만났는가?"

김순은 주모가 안내하는 대로 안으로 들어서면서 물었다.

"아이… 원. 성미도 급하우다 그래."

주모가 눈을 살짝 흘기며 입가에 미소를 머금고 대답했다. 김순이 엉거주춤 선 채로 다시 다그치듯 물었다.

"그래. 약조는 됐는가?"

"어제 그 사람이 다녀갔소. 오늘 점심때 오기로 했으니 곧 올기라요. 쪼금만 기다려 보기요. 뭘 먼저 좀 드릴까…?"

"우선… 김치에 막걸리 한 사발 좀 가져오시오. 그 양반

몽골의 고려 침략

1206년 몽골이 건국되고 금金 나라가 지방 통치에 한계를 드러내자 그 틈을 타서 만주 일대에는 그동안 금나라의 지배를 받아오던 소수 민족들이 일어나 1216년에 대요수국大遼收國, 1217년에 동진국東眞國을 세웠다. 이렇게 되자 만주 일대에는 중원의 중앙정부 권력이 더 이상 미치지 않게 되었다.

만주 일대를 장악한 몽골은 거란족이 건국한 대요수국을 공격하였고, 강력한 몽골의 공격에 밀린 거란족이 몽골군에 쫓겨 동진하면서 2차에 걸쳐 압록강을 건너 고려로 들어왔다.

몽골과 우호적인 관계를 맺고 있던 고려는 이들을 격퇴하기 위해 재빨리 몽골과 연합군을 편성하였다. 그로 인해 1218년 강동성江東城(지금의 평양 동쪽 지역)에서 이들을 격퇴하는 데에 성공했다. 이를 계기로 고려와 몽골은 형제 관계의 협약을 맺었다.

그런데 몽골은 이를 이용하여 오히려 고려에 감사의 표시로 무리한 공물貢物을 바칠 것을 요구했다. 거란족으로부터 받은 위협을 저들이 막아주었으니 그 은혜를 갚으라는 것이었다.

그런 요구가 해마다 계속되자 고려의 조정에서는 점차 반몽反蒙 분위기가 일어났다.

몽골 기마병

고려의 무신정권은 난처한 지경에 빠지고 말았다. 당장 현실적으로 몽골의 무리한 요구에 응하지 않을 수 없었기 때문이었다. 급기야 1225년 고려에 와서 공물을 받아 돌아가던 몽골 사신 저고여著古與가 압록강 변에서 피살되는 사건이 일어났다. 이 사건으로 양국의 분위기는 급격하게 얼어붙었다.

몽골은 이 사건을 쟁점화하여 고려의 소행이라고 그 책임을 계속 추궁해왔다. 그러나 고려는 이 사건이 고려의 땅에서 일어난 사건이 아니고 압록강 건너 몽골 지역에서 일어난 일로 만주 지역의 반몽 세력에 의해 자행된 일임을 해명하고 나섰으나 몽골은 이를 받아들이지 않았다.

사실 이런 일련의 사태는 고려의 침략을 염두에 둔 미리 계획된 몽골의 아시아 정복 정책의 일환이었다.

몽골의 침입과 고려의 항쟁

몽골의 6차 침입.
이때 몽골군에게 잡혀간 포로는
206,800명이었다.

그 결과 두 나라의 국교는 단절되었고, 몽골은 이를 침입의 구실로 삼았다. 마침내 1231년 살리타이撤禮塔가 이끄는 몽골군이 압록강을 건너 침입해 오자 고려 무신정권은 화의를 요청하였다.

국호를 원元으로 바꾼 몽골은 고려의 화의 요청을 받아들여 고려의 수도 서경西京과 서북면 지방에 다루가치達魯花赤를 파견하는 등 서서히 내정을 간섭하기 시작하였다.

다루가치란 몽골제국이 정복지를 지배하고 감시하기 위해 총독, 감독관으로 두었던 관직명을 말한다.

다루가치로 임명된 자들은 지방 장관을 감독하는 위치에 있으면서 몽골 조정의 명령에 따라서 일을 처리하였다.

1271년에는 민간이 소유한 병장기를 몰수하기도 하였으며, 1276년에는 군대 외의 민간이 무기를 소지하는 것을 금지하기도 했다.

사실상 고려에서의 치안유지 활동에 간여하면서 여러 구실을 내세워 고려 내부의 정치활동에 깊숙이 개입하였다.

몽골은 고려와의 1차 전쟁이 끝난 1232년 정월에 고려의 항복을 받고 개경 및 북계 지역에 72명의 다루가치를 고려의 서북계 지역 14개 성에 설치하고 철수하였다. 고려에서 다루가치는 몽골의 관청 기구로 존재하였다.

시간이 흐르면서 몽골은 더욱 무리한 조공을 요구하고 고려에 파견된 몽골 관리의 횡포도 갈수록 심해지자, 당시 권력을 장악하고 있던 최우崔瑀는 강력한 항몽 투쟁을 결의하고, 고종 19년(1232) 7월 장기적인 항전

강릉대도호부 관아(복원 후 모습)

을 위하여 강화도로 천도하였다.

　이에 따라 개경에 있던 고려 왕실과 권문귀족들은 모두 강화도로 옮겨 갔다.

　최씨 무신정권은 강화도로 천도하면서 다루가치의 제거를 시도하였고, 이에 따라 다루가치 대부분은 현지에서 살해당했다.

　이후 몽골군은 1258년까지 무려 6차례나 침입하여 고려의 국토를 짓밟았다. 이때까지 몽골군에게 잡혀간 포로는 206,800명이었다.

　강화도로 수도를 옮기고 장기 항전을 시작한 최씨 무신정권은 지방의 백성에게는 주위의 산성이나 섬으로 들어가 전쟁을 준비하라고 독려했다. 그러나 이러한 전술은 산성과 섬에서의 생활 대책이 전혀 마련되지 않은 상태에서 강행되었다.

산성이나 섬으로 피한 백성은 식량을 제대로 구하지 못하여 굶어 죽는 등 엄청난 희생을 당하였다. 산성이나 섬으로 미처 따라가지 못한 사람들은 몽골군의 납치와 약탈을 피해 목숨을 부지하려고 이리저리 떠도는 유랑 길에 올랐다. 산속으로 들어간 백성들은 도적떼가 되어 서로 싸우는 등 그 피해는 말로 표현할 수 없을 정도였다.

고려의 무신정권에게는 백성의 안위는 관심 밖이었다. 오로지 저들의 권력을 유지할 묘책을 찾는 데에만 모든 관심이 집중되어 있었다.

강원도 명주 지역도 예외가 아니었다. 함경도와 인접한 동북면에 있었기 때문에 몽골 다루가치의 간섭과 횡포에서 벗어날 수 없었다. 게다가 수십여 년 동안 계속된 몽골과의 전쟁은 백성들의 삶을 완전히 망가뜨렸다.

일상은 피폐해졌고 백성들은 지쳐 의욕을 잃었다. 바닷가 어촌에서는 고기 잡는 젊은이들이 사라졌고 농사철이 되어도 농사일을 할 만한 장정들이 씨가 말랐다. 가뭄까지 이어지면서 논바닥은 거북등을 드러낸 지도 오래되었다.

강릉부는 동해안의 중심도시였지만 주변의 어촌이나 농촌에 비해 그 사정이 조금 낫다는 정도에 불과했다. 몽골의 6차 침입 때 몽골군의 기마병이 지나가면서 이 지역도 오랫동안 쑥대밭이 되었다.

거리에는 무장한 몽골군과 몽골 사령부에서 관리로 임명한 고려인, 그리고 그들을 위해 부역하는 백성들이 활개를 치고 다녔다.

그래도 강릉부의 중심거리는 늘 분주하게 돌아갔다. 사람들은 두 큰 도로가 서로 엇갈리는 사거리를 십자거리라고 불렀다. 동해안의 남북을 연결하는 대로를 따라 여러 점포가 들어선 시전市廛이 늘어섰다.

강릉부의 전통시장은 이 십자거리 좌우와 뒷골목으로 길게 행랑 모양으로 늘어서 있었다.

사거리의 뒷골목으로는 백성들이 물건을 사고파는 노점시장이 형성되어 있었는데, 사람들은 이를 '시전市廛'이라 불렀다. 사람들은 큰길가 상점보다는 이 시전을 주로 이용했다.

시전을 벗어나면 남대천 강가를 따라 주막거리가 형성되어 있었다. 이 주막거리를 벗어나면 남쪽으로는 삼척부三陟府, 서쪽으로는 성산의 대관령, 북쪽으로는 양양襄陽 방향으로 이어졌다.

이 오면 다시 주문하리다.”

　김순은 방석을 당겨 자리에 앉으며 함경도 사투리가 약간 섞인 억양을 쓰는 주모를 보며 빙긋 웃었다.

　주모가 밖에 대고 종업원을 부르자 어린 종업원이 한 손에는 막걸리 술병과 사발이 올려진 쟁반을 들고 방으로 들어왔다.

　미리 준비하고 있었던 듯 그의 손놀림이 매끄러웠다. 주모가 막걸리 주전자를 들어 잔을 가득 채우고 일어섰다.

　“조금만 기다리시라요. 올 때가 다 됐수다.”

　주모가 나가자 자리에 앉은 김순은 약간 시장기를 느꼈다. 김순은 막걸리 술병을 들고 사발에 가득 따라 쭈욱 들이켰다. 뱃속으로 술기운이 좌악 퍼졌다.

　김순은 무 조각 하나를 입에 넣고 씹으면서 밖을 내다봤다. 점심때여서 그런지 사람들은 계속 몰려들었다. 여기저기 웅성거리는 소리가 들렸다. 오랜만에 사람 사는 느낌이 들어 생경스러웠다.

　신발을 고쳐 신고 종종걸음으로 부엌으로 향하는 주모의 등을 바라보며 김순은 주막 안을 주욱 훑어봤다. 점심시간이라 요기하기 위해 모인 사람들과 물건을 사고파는 장사꾼들까지 모여 주막은 왁자지껄했다.

오가는 손님을 안내하는 종업원들은 부지런히 마당을 오가면서 사람들을 안내하고 있었다.

주막 입구 담벼락에 서 있는 제법 큰 느티나무가 만들어 내는 그늘 아래까지 저마다 자리를 잡은 사람들로 붐볐다. 그의 눈은 사람들이 쉴 새 없이 드나드는 주막 입구를 계속 주시하고 있었다.

김순은 문득 고개를 들어 창밖을 내다보았다. 멀리 대관령이 그림처럼 한눈에 쏙 들어왔다. 맑은 날씨에 병풍처럼 넓게 펼쳐진 산자락은 한 폭의 그림처럼 아름다웠다. 구름 한 점 없는 하늘에 오후 햇살이 따갑게 쏟아지고 있었다.

방 안에서 보는 대관령 산자락의 모습은 그가 어린 시절 고향에서 자라면서 보았던 경치와 다를 바가 없었다.

김순은 문득 어린 시절 어려웠지만 단란했던 고향의 가족을 떠올리며 생각에 잠겼다.

전해지는 편지

"이쪽이라요. 여기 기다리고 계시우다."

주모의 음성이 들리더니 방문이 열렸다. 문이 열리면서 다소 과장된 몸짓으로 한 손으로 방으로 모시는 시늉을 했다.

주모의 안내를 받으며 중년 사내 한 사람이 방으로 들어섰다. 김순이 벌떡 일어나 그를 맞았다. 변발한 건장한 체격의 남자였다.

보통의 고려 사람이라면 변발을 하지 않는다. 그러나 몽골과의 전쟁이 길어지면서 개경을 중심으로 한 도심 지역에서는 변발하는 사람들이 많이 늘어났다.

변발에 몽골 복장을 하고 있다는 것은 몽골과 관련이 많이 있다는 뜻이다.

"반갑습니다. 저는 김순金純이라고 합니다. 경포 초당에 살고 있습니다."

"아… 예에. 반갑습니다. 나는 동경東京에서 왔수다."

건장한 사내가 활짝 웃으며 손을 내밀어 김순의 손을 잡았다. 사내의 웃음 띤 입가로 누런 이빨이 드러났다. 그 역시 몹시 반가워하는 몸짓이었다.

김순은 그가 함경도 사투리를 쓰는 걸로 봐서는 원산이나 함흥 쪽 사람이 아닐까 하는 생각이 들었다.

"동경이라 하면…?"

"원나라 수도요. 고향에 볼일이 있어서 휴가를 내서 왔는데, 마침 사람을 좀 찾아달라는 부탁도 받아서… 이 명주까지 왔수다. 내래 동경에서 돌아온 지 며칠 되지 않았지만, 곧 돌아가야 하오. 나도 고향에 잠깐 들렀다가 볼 일도 좀 있어서리…."

김순의 물음에 그는 허리춤에서 손바닥 크기의 둥근 패牌를 꺼내 김순에게 건넸다.

그는 자신도 고려 사람이고 원나라 수도 동경에서 돌아왔으며 '백호百戶'라는 관직에 있는 관리로 이름은 습성習成이라고 신분을 밝혔다.

백호는 당시 몽골의 지방관리에 해당하는 관직이었다.

몽골은 행정조직으로 각 지방의 총관부總管府에 총관總管을 두고 그 하부 조직으로 천호千戶와 백호百戶라는 관직을 두어 그 지역을 다스렸다.

관리에 임명된 자가 관할하는 지역 호수戶數의 규모에 따라 설정된 행정 및 군사 단위인데, 백호는 100명의 병사를 관리하는 관리로 원元 나라의 군직軍職이었다.

원의 지배를 받으면서 고려도 이 제도를 그대로 받아들였는데, 고려 행정조직 5~6품의 품계에 해당하는 말단 관리였다. 그러나 당시 몽골의 지배를 받는 백성에게는 엄청난 영향력을 행사할 수 있는 위치였다.

"아… 반갑습니다. 나는 김순이라고 하오. 그런데 사람을 찾는다고 들었소만… 무슨 사연이라도 있소?"

김순이 눈인사하며 습성에게 호패를 돌려주며 말했다.

"그렇소. 내래 이곳 명주에 산다는 김해장金海莊이라는 사람을 찾고 있소. 원나라에서 출발하기 전에 부탁받았소. 혹시 알고 있는 사람이오?"

"방금… 김해장이라 했소?"

습성은 목이 말랐던지 막걸리 사발을 들고 단숨에 벌컥벌컥 마시고는 카아 소리를 내며 사발을 탁자에 내려놓았다.

그는 소매를 들어 입술 주위의 수염에 묻은 물기를 털며 김치 한 조각을 집어 입으로 가져갔다.

그는 마주 앉은 김순을 보고 빙긋 웃었다. 김순은 얼른 그의 술잔에 막걸리를 채웠다.

그가 말을 이었다.

"실은 내가 동경을 떠나올 때 한 고려인 부인을 만났소. 그 부인의 부탁으로 명주 사람을 찾았던 게요."

그의 억양도 억센 함경도 사투리였다. 그는 명주 저잣거리에서 사람을 찾으려고 수소문하다가 이렇게 김순을 만난 것이다.

그러고 보니 습성이라고 이름과 신분을 밝힌 그가 변발을 한 이유를 알 수 있었다.

그는 패를 다시 허리춤에 넣으면서 김순에게 물었다.

"내가 사람을 찾는 이유는 동경에서 만난 그 여인의 부탁 때문이오. 아무튼 내 몹시 반갑수다."

김순이 그의 말을 듣고 조금 난감한 얼굴로 대답했다.

"사실 나는 명주 사람은 아닙니다. 강원도 정선旌善 사람이지요. 하지만 내가 어릴 때 집안이 명주 옥계로 이사를 와서 오래 살았지요."

김순은 잠시 뜸을 들이다가 말을 이었다.

"찾는 다른 사람이 어릴 때 마을 친구 이름과 같기도 하고, 반가운 마음에 궁금하기도 해서… 혹시 내가 아는 사람일 수도 있겠다 싶어서 이렇게 찾아온 겁니다."

김순의 말을 들은 습성은 조금 실망한 표정을 지었으나 금방 되물었다.

주모가 막걸리가 든 항아리 하나를 다시 가져왔다. 습성은 김순에게 술을 따랐다.

"하아… 그렇군요. 같은 고향에서 자란 사람이니 맞을 수도 있지 않갔소? 다행이오."

습성이 술잔을 들어 김순에게 권하며 한 사발을 주욱 들이켰다.

김순도 막걸리 한 잔을 단숨에 비웠다. 뱃속으로 짜릿한 기운이 퍼지며 긴장도 동시에 풀리는 느낌이었다.

습성이 입술을 훔치며 말을 이었다. 김순은 상체를 앞으로 기울이며 귀를 쫑긋 세웠다.

"그 여인이 내가 고려로 돌아간다는 소식을 듣고 나를 찾아오지 않았겠소? 그리고 말하기를 자신은 강원도 명주 사람인데 몽골군이 강원도 명주로 쳐들어왔을 때 포로가 되어 붙잡혀 왔다고 했수다. 그리고 자기에게는 '해장'이라는 아들이 있는데, 나에게 편지를 써주면서 고국으로 돌아가

거든 아들을 찾아 편지를 꼭 좀 전해달라고 부탁을 하지 않았소.”

“편지라구요? 그 아주머니가? 허어….”

김순은 다시 막걸리 사발을 입으로 가져가며 맞장구를 쳤다. 궁금한 일이 아닐 수 없었다.

“그렇소. 그 여인이 얼마나 간절하게 부탁하는지 내가 거절할 수 없었수다.”

“방금 찾는 사람이 해장이라고 했소? 김해장?”

김순은 다시 한번 확인할 필요가 있다고 생각해서 또 물었다.

아무리 생각해도 귀에 익은 이름이다. ‘김해장’이라면 혹시 어쩌면 자신이 알고 있는 고향 친구일 수도 있겠다는 생각을 하고 있었는데 확실하게 확인하고 싶었다.

고향 친구 김해장의 어머니도 당시에 포로가 되었는지 그 여부가 모호했는데, 막상 그를 통해 이름을 확인하고 나니 더 확신이 섰다.

생각이 여기까지 미치자 김순은 몸을 떨었다. 그가 놓친 막걸리 사발이 방바닥으로 떨어졌다. 마시다 반쯤 남은 술이 사방으로 튀었다.

습성이 놀라 옷에 튄 술을 털며 말했다. 조금 전에 대답했던 이름을 또다시 확인하듯 다시 묻는 모습을 보고 습성은 아마도 이 사람이 자신을 못 미더워해서 자꾸 확인하고 싶어서 그럴 거라고 생각했다.

"그… 그렇소만… 김해장이라는 사람을 아시오?"

김순이 얼른 대답했다.

"내 아는 사람과 같은 이름이라서…. 그 편지가 어디 있소?"

습성이 허리춤에서 곱게 보관하고 있던 얇고 작은 보자기를 꺼냈다. 손바닥 크기보다 조금 큰 보자기를 열자 작은 가죽 조각을 이어 붙인 편지 뭉치가 모습을 드러냈다.

오랫동안 허리춤에 보관했던 탓인지 가죽 조각을 이어 붙인 편지 겉장은 꼬깃꼬깃하게 말려 있었다.

"그러면 내 친구 어머니일지도 모르는 그분께서 아직도 살아계신다는 말이군요. 믿을 수 없소. 이게 그 부인이 주신 편지라고요?"

"그렇소. 살아계시오. 다행이구려. 아들 친구인 당신을 만났으니 아들을 찾은 것이나 다를 바가 없소. 어서 친구를 찾아가서 소식을 전해 주시구려. 그때까지 열어보지는 마시오."

습성은 편지를 곱게 싼 종이 뭉치를 김순에게 건네면서

몽골제국군

1231년부터 시작되어 1259년까지 근 30년 동안 고려는 몽골의 침입으로 커다란 전란에 휩싸이게 되었다.

한때 송宋, 요遼 나라와 더불어 동북아시아 세력균형을 담당했던 고려는 최씨 무인정권의 끝없는 권력 추구와 수탈로 인해 국력이 피폐해졌고, 설상가상으로 몽골사신 저고여著古與의 피살을 구실로 쳐들어온 몽골과 9차례에 걸쳐 싸우면서 전 국토가 유린당하였다.

1258년(고종 45) 몽골군이 동진군을 동원하여 동북 변경을 위협하고 명주 근처까지 남침해왔다. 이른바 몽골군의 제6차 침입(1258~1259)이다. 이때 몽골군 지휘관의 이름은 알려진 바가 없고 기록에는 산길대왕散吉大王이라는 칭호만 확인된다.

그는 당시 만주 동북지방을 지배하고 있던 원나라의 장군으로 대왕이라고 붙여진 이름으로 볼 때 몽골의 황족이었던 것으로 보인다.

이 당시 산길대왕의 몽골군이 동북지방을 침입하여 동해안 일대를 짓밟으면서 많은 사람이 몽골군에게 포로가 되어 만주로 끌려갔다.

몽골과의 전쟁은 고려에 큰 상처의 흔적을 남겼다. 이때 고려가 받은 피해는 어느 때보다도 심했다. 몽골의 침입 가운데, 특히 5차(1253, 고종 40)와 6차(1254~1259, 고종 41~46) 침입은 그 이전과 성격이 달랐다.

몽골제국 군대

그 이전까지 네 차례의 침입은 대개 가을에 침입해 물자를 약탈하고 봄에 철수하는 단기전의 성격이 강했다면, 7년간 지속된 이 두 차례의 침입은 고려를 항복시켜 정복지로 삼는 것이 몽골군의 목적이었다.

따라서 5~6차 침입은 그 어느 때보다도 고려에 심각한 피해를 줬고, 고려는 몽골의 침입에 저항했지만, 일방적으로 수세에 몰렸다.

『고려사高麗史』에는 포로가 20만 6천8백여 명, 살육당한 사람의 수는 헤아릴 수조차 없다고 기록하고 있다.

몽골군이 휩쓸고 지나간 마을은 모두 잿더미가 되었다.

『고려사』 권24, 고종 41년 조에는 "몽골의 병난이 있은 이래 올해처럼 심한 적은 없었다"라고 기록하고 있다. 1254년의 일이다.

『송사宋史』의 기록에 의하면 당시 고려의 인구가 약 210만 정도에 불과했다고 하니, 전 인구의 약 10%가 포로로 끌려간 것이다.

전쟁은 언제나 비참하다. 특히 노약자와 부녀자의 피해는 말할 필요조차도 없다.

훗날 조선에서 청나라의 침입으로 수많은 조선의 백성들이 이역만리의 땅 청나라 포로로 끌려가 노예로서 비참한 생활을 해야 했듯이, 당시의 고려인들 역시 몽골 땅으로 끌려가 비참한 삶을 살아야 했다.

원나라는 전쟁 기간 중 끌고 온 수많은 고려인 포로를 만주 심양 지역에 거주하게 했다. 그 지역은 고려인 포로 이외에도 많은 고려인이 전란을 피해 피난하거나 이주해와 거주하는 지역이기도 했다.

원나라는 고려인이 많이 거주하는 이 지역을 통치하기 위해 1296년(충렬왕 22) 심양에 고려군민총관부高麗軍民總管府를 설치했다.

이곳의 통치자로 심양왕瀋陽王을 임명했는데, 고려 국왕과 같은 지위를 부여했다. 고려인이 이곳에 많이 살았다는 증거다.

그런데 이때 포로로 끌려간 노모를 구한 효자가 있었다. 『고려사』 열전 34 효우김천孝友金遷 조에 실린 김천이 바로 그 주인공으로 이 이야기의 주인공이기도 하다.

그 중년 여인이 자신에게 했던 말을 그대로 전해 주었다.

"암요. 암요. 여부가 있겠습니까? 뜯어보다니요."

두 손으로 공손히 편지 뭉치를 받아 든 김순은 흥분한 모습을 감추지 못했다.

"그분은 틀림없이 내 친구 어머니가 맞는 것 같소. 해장… 김해장은 고향 마을 친구요. 어머니는 오래전에 몽골군에게 포로로 잡혀가셨소. 그러니까… ."

김순은 손가락으로 셈을 세며 햇수를 계산했다.

"그러니까 벌써 14년이나 흘렀구려. 그 친구는 어머니께서 전쟁통에 돌아가신 걸로 알고 제사까지 지내고 있소이다. 아이고오… 이렇게 고마울 데가… 고맙소. 고맙소… 내 꼭 전하고 말고요…."

김순은 편지를 받아 들고 감격에 겨워 눈물을 글썽이며 소리쳤다.

그는 마치 자기 어머니를 만난 듯 기뻐하면서 습성의 손을 다시 잡았다. 습성도 기뻐하며 술잔을 들었다.

"허허허… 다행이오. 이렇게 명주 사람을 만나 이 편지를 전했으니 천운이라 할만하오. 이제 내가 할 일은 다했수다."

김순은 큰소리로 주모를 불렀다. 목소리가 얼마나 컸던

지 주모가 깜짝 놀라 한달음에 달려왔다.

주모가 방문을 열자 마루에 앉아있던 사람들이 무슨 일이라도 났는가 싶어 일제히 힐끔힐끔 바라보았다.

"주모. 여기 다시 술상을 봐오시게. 안주도 더 가지고 오고… 막걸리는 그만하고 좋은 술도 좀 더 내오시게."

"호호호… 그럼요. 냉큼 내오리다."

주모가 만족스러운 웃음을 날리며 주방으로 사라졌다.

두 사람은 주모가 다시 내온 안주와 술을 주거니 받거니 하면서 해가 서산에 넘어갈 때까지 마셨다.

습성은 몽골군에게 포로로 잡혀 온 고려 사람들이 얼마나 비참하게 살고 있는지 자신이 본 대로 느낀 대로 털어놓았다.

온갖 학대를 견디다 못해 고국으로 돌아가려고 탈출을 감행한다고 해도 실제로 살아서 돌아가는 사람이 거의 없는 게 현실이었다.

원元 왕조의 수도인 베이징北京에서 압록강까지는 거리만 해도 수천 리 길이나 되었다.

시조인 쿠빌라이 칸은 중국의 전 지역을 정복하기 위한 준비로 기존 금金 왕조의 수도인 중도中都를 옮기기로 했다.

원래 베이징은 오늘날 중국의 수도로 중국의 북부를 점령한 요遼 나라가 수도로 정하면서 중요한 도시로 부상하게 된다.

이후 요나라를 멸망시키고 중국 북부를 점령한 금나라가 베이징을 수도로 삼고 이름을 중도로 하였다.

마침내 1267년, 중도의 북쪽 자리에 칸발리크汗八里, Khanbaliq(위대한 칸의 거주지라는 뜻) 혹은 대도大都라는 이름의 도시를 새로 만들어 원래 수도였던 몽골고원의 카라코룸으로부터 천도하였다.

금나라와 남송을 멸망시키고 강대한 제국을 세운 원나라의 위엄을 보여줄 필요가 있었고, 무엇보다도 이곳은 원왕조의 발원지인 몽골고원에 가까워서 몽골족의 지원이 쉬웠기 때문이었다.

당시 포로로 몽골군에게 잡혀간 고려인으로서는 일단 원나라 수도 부근에서 탈출하기도 쉬운 일이 아니었지만, 더 큰 문제는 요동반도를 횡단하는 일이었다.

가도 가도 산이라고는 보이지 않는 평지인 데다가, 끝없이 이어지는 황량한 들판에는 숨을 곳이 없었다. 게다가 밤이 되면 들짐승들의 공격을 피해야 하는 것도 문제였다.

기록에 의하면 이 당시 탈출해서 고려로 돌아오던 많은

사람이 요동반도의 황량한 벌판에서 굶주려 죽거나 얼어 죽기도 하고 들짐승의 공격을 받아 죽은 시체들로 가득했다고 했을 정도였다.

어렵사리 탈출에 성공한다고 해도 대부분 사나흘이 지나면 모두 추격하는 사람들에게 붙잡혀 되돌아오기 일쑤였다.

붙잡혀 오는 사람들을 기다리는 것은 가혹한 형벌이었다. 남녀를 불문하고 거의 죽도록 매를 맞았다. 그 과정에서 맞아 죽는 사람들이 너무 많았고, 설령 살아남는다고 하더라도 발뒤꿈치를 잘리는 모진 형벌을 감수해야만 했다. 다시는 도망가지 못하도록 하기 위함이었다.

이들은 모두 몽골 사람의 노예로서 팔리거나 혹독한 노동으로 죽지 못해 살아가야 했다.

그러나 이런 상황에서도 고향으로 돌아오려는 고려인 포로들의 목숨을 건 탈출 행렬은 계속되었다.

습성으로부터 포로로 끌려간 고려인들의 실상을 들으면서 김순은 어금니를 깨물기도 하고 간간이 술상을 내리치기도 하면서 울분을 토했다.

두 사람은 오래도록 술잔을 기울이며 이야기를 나누다가 땅거미가 몰려들기 시작하자 자리에서 일어났다.

김순은 습성의 두 손을 꼭 잡고 다시 고맙다는 인사를 나누었다. 그리고 내일 당장 옥계로 출발해서 어쩌면 자기가 익히 알고 있는 친구일지도 모르는 김해장을 찾아 편지와 함께 기쁜 소식을 전하겠다고 약속했다.

주막 입구까지 배웅을 나온 주모는 앞치마로 손을 닦으면서 인사를 했다.

습성과 헤어진 김순은 빠른 걸음으로 집으로 향했다. 김순은 마음이 급해졌다. 빨리 옥계로 출발해야 한다는 생각뿐이었다.

밀린 일이 있기는 하지만 몇 가지 급한 일만 우선 먼저 처리해놓고 출발할 심산이었다.

김순은 고개를 들어 하늘을 쳐다보았다. 취기가 돌았지만 정신은 더욱 또렷해졌다.

김순은 심호흡하고 논둑을 지나 바닷가 솔밭길로 들어섰다.

친구 찾아 고향으로

머칠 후, 김순은 아침을 먹는 둥 마는 둥 일찍 집을 나서서 강릉부 역참驛站을 찾았다. 혹시라도 우계羽溪(옥계의 옛 이름)나 삼척부로 가는 관원이라도 있으면 신세를 좀 지려고 한 것이다.

자신도 한때 명주 관아의 향리로 근무한 적이 있었으므로 그들과는 약간의 동료 의식도 있는 데다가 역관의 근무 방식이나 형태, 그리고 관원들의 생리를 너무 잘 알고 있는 것도 도움이 될 것이다.

게다가 오래전부터 경포 초당에서 두부 장사를 하며 인근 역참에서 근무하는 관원들과 안면을 많이 터놓은 것이 이럴 때는 긴요하게 쓰일 수 있다는 계산도 깔려 있었다.

강릉역참에서 우계까지는 약 100리 길이었다. 도보로 이동하려면 이틀을 꼬박 가야 할 거리였다. 김순은 강릉부 역참에서 삼척부 방향으로 공무 수행을 위해 이동하는 역관의 출장 일정과 경로를 알아낼 수 있었다.

다행히 이틀 후에 공무 수행 일행이 강릉부에서 안인진安仁津과 우계羽溪를 거쳐 삼척부로 가는 인편이 있다는 것을 알아냈다.

그는 중간 관리자에게 뒷돈을 몇 푼을 쥐여 주고 담당하는 역관을 만나 그의 일행과 함께 길을 떠나는 데 성공했다.

강릉을 떠난 일행은 남대천을 건너 안인진 역참에서 하루를 묵었다. 찌는듯한 무더운 날씨였지만 해변에 가까이 들어서면서는 우거진 소나무숲 사이로 바닷바람이 불어와 더위를 어느 정도 이겨낼 수 있었다.

안인진安仁津에서 하루를 묵고 이튿날 일찍 떠난 일행은 정동진正東津까지는 해안선을 따라 비교적 평탄한 바닷가 길을 따라 이동했다.

그러나 정동진에서 우계현으로 이르는 해안은 깎아지른 절벽으로 이루어져 있어서, 일행은 더 이상 우마차로 이동할 수 없게 되었다.

사람들은 계곡을 따라 길게 형성된 고개를 넘어야 했는

데, 사람들은 그 마지막 고개를 밤재라고 불렀다. 일행은 우계현으로 이어지는 골짜기를 따라 작은 고개 몇 개를 넘어 밤재고개 아래에 도착했다.

밤재를 오르는 고갯마루 아래에는 주막이 있었다. 5일 장이 서는 날이면 주막집은 몰려드는 사람들로 제법 북적거렸다.

주로 5일 장을 돌아다니면서 장사하는 보부상들과 이런저런 일로 고개를 넘어야 하는 사람들이었다.

이들은 고갯마루를 넘어가는 도중에 가끔 나타나는 산적이나 도적 떼들을 피하려고 어느 정도 인원이 모일 때까지 주막에서 기다린다. 어떤 때는 며칠을 기다리기도 한다.

이번에는 공무를 수행하는 관원이 함께하는 행렬에 경비를 서는 포도청 직원도 두 사람이나 끼어 있었다. 김순 일행이 무기를 든 관원들과 함께 주막으로 들어서자, 기다리던 사람들은 모두 안심하면서 환호성을 질렀다.

일행은 산골짜기 계곡을 따라 뜨거운 햇살을 피해 고갯길을 올랐다. 그들은 오후가 되어서야 고개를 넘을 수 있었다.

고개를 넘어온 일행은 금진金津으로 이어지는 사거리 주막에서 간단한 음식과 막걸리를 나누면서 작별했다.

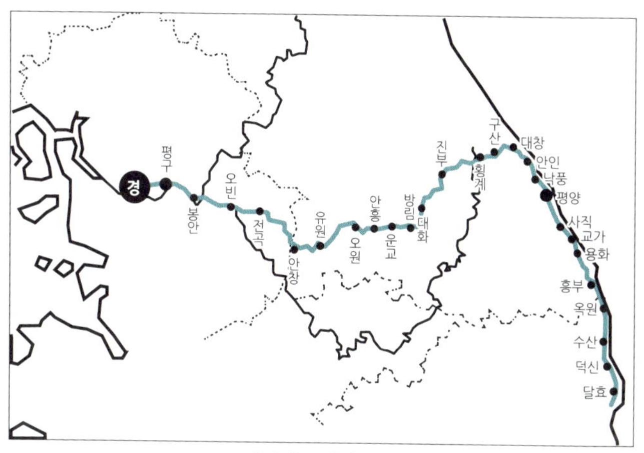

관동대로 역의 분포

　김순은 집을 나선 지 이틀 만에 마침내 우계현의 소재지 현내리에 도착했다.

　김순 일행은 마을 입구에 있는 서낭당에 이르자, 아름드리 느티나무 그늘에 앉아 표주박을 꺼내 물을 마시며 땀을 닦았다.

　뜨겁게 내리쬐던 태양이 서서히 서산에 걸리기 시작하면서 뜨거운 열기도 다소 누그러졌다.

　김순은 감개무량했다. 고향을 떠난 지 얼마 만에 다시 찾은 것인가. 그토록 꿈에 그리던 마을이었다. 멀리서 보는 마을 풍경은 옛날과 별로 달라 보이지 않았다.

그는 현내리에 도착하자마자 관아를 찾았다. 관아를 둘러싸고 있는 나무들이 저녁 바람에 부드럽게 흔들리고 있었다. 오랜만에 고향을 찾은 김순을 환영하는 것 같았다.

관아 사무실에 들어서자 40대 초반의 남자가 뭔가를 열심히 보면서 일하고 있었다. 좌우를 두리번거리던 김순은 고개를 숙여 정중하게 인사를 했다.

사무실에는 중년 남자 외에는 아무도 없었다. 그는 의자에 앉아 몸을 뒤로 젖히면서 거만하게 김순의 아래위를 훑어보았다.

"무슨 일로 오셨소?"

다소 거만하게 잠깐 뜸을 들이던 그가 고개를 갸웃거리더니 이내 김순을 알아보고 자리에서 벌떡 일어났다. 그의 눈이 커졌다.

"혹시! 당신… 오래전에 여기에서 살던… 순이 아닌가? 김순."

그의 말이 미처 끝나기도 전에 김순이 대답했다.

"예. 맞습니다. 저… 순입니다. 김순. 저를 기억하시는군요. 혹시… 아랫말에 사시던…"

두 사람은 한눈에 서로를 알아보며 반가워했다. 십수 년

강릉시 옥계면의 유례

오늘날 강릉시 옥계면은 본래 고구려의 우계현羽溪縣이었다.

『신증동국여지승람新增東國輿地勝覽』에 보면, "우계현은 본래 고구려 우곡현羽谷縣이며 옥당玉堂이라고도 하였다. 신라 경덕왕이 지금의 이름으로 고쳐서 삼척군 속현으로 만들었다.

1018년(고려 현종 9)에 강릉에 흡수되었다"라고 기록하고 있다. 조선 세조 때 강릉대도호부에 진관鎭管이 설치되면서 우계면이 되었다.

우계현羽溪縣이라는 지명은 『호구총수戶口總數』, 『여지도서輿地圖書』, 『임영지臨瀛誌』에도 보이는데, 묵진리·북동리·현내리·천남리·사계리·오곡리의 6개 리를 관할한다고 기록하고 있다.

옥계면玉溪面이라는 지명이 처음 보이는 사료는 『1872년 군현지도郡縣地圖』이다.

이 지도는 흥선대원군이 집권하면서 중앙집권적 정치체제를 확립하기 위해 외척의 세도정치를 일소하고 당쟁을 타파하며, 군제를 정비하고 재정을 확보하기 위한 각종 개혁 정책을 추진하는 과정에서 제작되었다.

특히 두 차례의 양요를 겪으면서 서양의 침략에 적극적인 대응책을 모색하는 과정에서 국방과 치안을 위한 관제 개정, 군제의 개편, 군사시설의 확충과 경비의 강화, 군기의 정비와 실험 등을 시도하였다.

이러한 시대적 상황에서 정부로서는 지방의 정확한 상황을 파악하는 것은 시급한 과제였다.

이를 위해 1871년에는 전국적인 읍지 편찬사업을, 이듬해인 1872년에는 전국적인 차원의 지도 제작사업을 추진하였다.

『1872년지방지도(강릉부)』의
옥계면 일대

현재 서울대학교 규장각에는 조선시대 관찬지도 제작사업의 마지막 성과로 평가되는 총 459매의 1872년 지방지도가 소장되어 있다.

이때 제작된 지도들은 군현 지도뿐만 아니라 영營·진보鎭堡·목장牧場·산성山城 등을 그린 지도까지 포함하고 있어서 한 시기에 제작된 지방 지도로는 가장 많은 양을 보유하고 있다.

이들 지도는 1년이 채 되지 않는 짧은 시간에 제작되었기 때문에, 통일적인 제작 원칙을 정하여 체계적으로 그려지지는 못했다.

그러나 이전 시기의 지도보다 큰 규격으로 작성되었으므로 지도에 들어있는 정보량은 현재 남아 있는 다른 군현지도와는 비교가 안 될 정도로 풍부한 편이다.

이 지도에는 옥계면이 본래 고구려 지산현支山縣이었다는 주기도 적혀 있다. 옥천우계玉泉羽溪의 의미로 옥계라 하였다고 전해진다. 그러나 19세기 말에 편찬된 『강릉군지』에는 여전히 우계면으로 기록되어 있다.

1914년 행정구역 개편 때 우계면은 지금의 9개 리로 개편하였다. 『동해시 지명 유래지』에 의하면 법정리 가운데 현내리는 원래 강릉군 우계현 소재지이며, 옥계의 옛 지명이 옥천현玉泉縣이었을 때 고을 현감이 살던 곳이었다.

1995년 시·군이 통합되면서 강릉시 옥계면이 되면서 오늘에 이르고 있다.

전 현내리에 살 때, 같은 마을에 이웃하던 분이었으니 당연히 기억이 떠올랐다.

“맞네. 나는 지금 여기 우계현의 향리로 근무하고 있네. 그런데 갑자기 여긴 어쩐 일인가?”

그는 이 고을에 향리로서 근무하고 있다고 하면서 반갑게 다가와 김순에게 악수를 청했다. 두 사람은 악수를 하며 반갑게 웃었다.

중년 사내는 김순에게 같이 살았던 동네 사람들의 소식을 전하면서 그에게 마을을 다시 찾아온 이유를 물었다. 김순은 사연이 있어서 자신의 친구 김해장을 찾아왔다고 말하고 그의 근황을 물었다.

중년 사내는 김해장도 이 고을 향리로 근무하고 있다고 하면서, 마침 공무가 있어서 고을을 순찰하고 있어서 오후 늦게 돌아올 거라고 알려주었다.

마음이 급한 김순이 어디로 가면 친구를 만날 수 있느냐고 재촉하자 그는 빙그레 웃으면서 그의 손을 잡아 밖으로 끌었다.

“아직 오려면 멀었네. 우리 나가서 뭐 좀 요기나 하면서 얘기 좀 하세나.”

그는 김순을 데리고 자신이 앞장서서 시장통 주막으로

안내했다.

한적한 시골이었지만 현의 소재지였으므로 오가는 사람도 있었고 길거리에는 과일을 꺼내놓고 좌판을 연 사람도 보였다. 여느 곳과 다르지 않은 모습이었다.

주막까지 열 살 남짓 먹은 듯한 어린 꼬마 아이 서너 명이 두 사람을 계속 따라왔다. 해진 옷에 신발도 신지 않은 모습이었고 제대로 먹지 못한 듯 초점을 잃은 눈으로 그냥 습관적으로 따라오고 있었다.

그가 아이들을 향해 버럭 소리를 질러대자 꼬마들은 따라오던 걸음을 멈추었다.

그는 그런 일에 익숙하다는 듯 입구에 서성이는 아이들을 향해 눈을 흘기고는 김순의 등을 밀면서 안으로 들어섰다.

주막에 들어서자 앉아있던 사람들이 그를 알아보고 자리에서 일어나 인사를 건넸다. 그는 인사를 받는 둥 마는 둥 하고 주모를 불러 술상을 내오라고 시켰다.

주모가 반갑게 인사를 하고는 술상을 내왔다. 그가 김순의 사발에 막걸리를 따르면서 말했다.

"이게 얼마 만인가? 그동안 어떻게 지내셨는가? 그래 지금은 어디에 있나? 명주 관아는 그만두었다는 소리를 들었네만….”

“전쟁통에 참 힘들었습니다. 경포호수 입구에 작은 주막을 열고 두부를 팔고 있습니다. 겨우 입에 풀칠이나 하는 정도지요….”

김순은 강릉부 시내와 주변의 사정을 조금 설명해 주었다. 약간의 과정을 섞어가면서 자신이 강릉부의 관리들과 잘 지내고 있다는 등의 이야기를 하며 은근히 자신이 강릉부에 약간의 뒷배가 있는 것처럼 둘러대기도 했다.

중년 사내가 술잔을 들고 갑자기 생각이 났는지 김순을 향해 다시 물었다.

“그런데…. 아까 뭐라고 했나? 해장이에게 볼일이 있다고? 뭔 일인가?”

김순은 그제야 자초지종을 이야기했다. 강릉 저잣거리 주막에서 습성이라는 자를 만나 몽골군에게 포로로 끌려간 고향 친구 김해장의 어머니가 살아있다는 사실과 그의 어머니가 편지를 보내서 아들을 찾고 있다는 등의 이야기를 줄줄이 늘어놓았다.

이야기를 듣던 중년 사내는 깜짝 놀랐다. 같은 마을에 사는 데다가 그의 어머니와 동생이 몽골군이 들이닥쳤을 때 실종되었다는 것을 알고 있었기 때문이었다.

그런데 그의 어머니가 살아있다니 그것도 원나라에서. 믿을 수 없는 사실에 놀라움은 더욱 커졌다.

그는 김순 앞으로 바짝 다가앉으며 다시 물었다.

"아니… 해장이 어머니께서 살아계신다고? 그게 정말인가?"

"내가 왜 거짓말을 하겠습니까? 그 때문에 일부러 예까지 찾아왔는데…."

"그러니까 하는 말일세. 으음…."

중년 사내가 턱을 괴고 생각에 잠기자 김순은 입이 바짝 마르는 듯했다.

그는 막걸리 한 사발을 들어 단숨에 들이켰다. 김순이 막걸리 병을 들어 그의 사발에 가득 부었다.

"해장이네 가족들은 난리 통에 어머니와 동생이 죽었다고 생각하고 그 후로는 제사까지 지내고 있는데…. 허어… 그것참. 만약 자네 말대로 그의 어머니가 살아계신다면 이거야말로 기적이 아닌가?"

"틀림없습니다. 제가 그 몽골에서 온 사람에게서 받은 편지도 가지고 왔습니다. 바로 이거요…."

김순은 그가 긴가민가하며 믿을 수 없다는 시늉을 하자 자리에서 벌떡 일어나 적삼을 걷어 허리춤에 단단히 싸매고 있는 편지가 든 뭉치를 보여주었다.

중년 사내는 김순의 허리춤에 단단히 매어진 보자기를 보고는 상황을 믿는 듯했다.

"허어… 이런 일이 있나? 해장이 올 때가 다 되어 가는구먼. 해장이 알면 기절할 일일세. 그 친구가 오면 자세하게 이야기해 주시게. 온 집안이 난리가 나겠네."

중년 사내는 잠시 말을 멈추고 다시 막걸리 한 사발을 단숨에 들이켰다.

"아… 참. 그건 그렇고…."

그는 소매로 입술을 닦고 젓가락으로 무 한 조각을 집으며 말을 이었다.

"해장이는 그 후로 이름을 바꾸었네. 천이라고… 옮길 천遷, 김천金遷. 이 마을 사람들은 그 친구 어릴 때 아명이 해장이라는 건 다 알지만, 공무로 만나는 사람은 외지인들은 모르는 이름인 거지."

"아하… 개명을 했군요. 김천… 김천. 이름이 좋습니다. 하하하"

두 사람은 한바탕 웃으면서 다시 잔을 맞댔다.

중년 사내가 마당에서 오가며 심부름하는 꼬마를 불렀다. 열서너 댓 살 정도 먹었을 것 같은 어린 꼬마가 냉큼 달려왔다.

중년 사내는 꼬마에게 빨리 관아로 가서 경비를 서는 사람에게 일러 김천을 찾아온 손님이 있으니 그가 일을 마치고 돌아오는 대로 주막으로 오라고 전하라고 단단히 일렀다.

이런 시골의 시장통이라고 해봐야 오가는 사람들은 많지 않았다. 장날이 되면 겨우 사람들이 모이기는 하지만 오랜 전쟁통에 물자가 워낙 귀한 터라 그나마도 한낮에 반짝 장이 서는 정도에 불과했다.

중년 사내의 지시를 받은 어린 꼬마가 또래와 함께 마당을 가로질러 골목으로 사라졌다. 주막 입구의 아름드리 느티나무에서는 매미가 목청껏 울어대고 있었다.

중년 사내는 부채를 꺼내 좌악 펴서 흔들었다.

"내 이 은혜는 잊지 않겠습니다. 고맙습니다."

김순이 감동해서 다시 자리에서 일어나 허리를 숙이면서 중년 사내의 손을 잡았다.

"고맙긴…. 어떠하우('어떻게 하겠소?'라는 뜻의 강원도 동해안 사투리). 이럴 때는 서로 도와야 하잖우?('하지 않겠소?'라는 뜻의 강원도 동해안 사투리) 게다가 기분 좋은 소식이기도 하니… 허허…. 자… 한잔합시다. 쭉 듭시다."

고려 시대 향리 계층

기록에 보면 김천의 당시 신분은 명주 향리鄕吏라고 하였다. 향리는 고려 시대부터 조선 시대까지 지방의 행정을 담당했던 하급 관리를 뜻한다. 관아 앞에 있는 사람들이라는 뜻으로 '아전'이라고도 한다.

고려 시대의 향리는 신라 말, 고려 초의 호족豪族에서 유래했다. 호족은 중앙 관제와 비슷한 관반체제를 만들고 독자적으로 지방을 통치하였다. 이에 고려 정부는 지방 호족 세력을 중앙의 통제 아래 두려고 고심하였다.

광종~성종 대에 이르러 중앙집권화가 정착되면서 성종 2년에 향리제가 새롭게 개편되었는데, 지방마다 차이가 있던 향리 직제가 전국적으로 통일되었다.

한편, 현종 9년에는 지방 행정제도를 정비하고 군현 크기에 따라 향리 수를 정했고 향리의 공복도 규격화하여 체계적으로 파악하고자 하였다. 아울러 지방관을 많이 파견하여 향리에 대한 통제도 강화할 수 있었다.

문종 대에는 향리의 승진 규정을 9단계로 제정하였다. 이 때문에 향리의 지위가 한정되었으나, 향리가 향촌 사회에서 갖는 권한과 위치는 여전히 상당하였다. 특히 속현(지방관이 없는 현)의 업무는 향리가 도맡아 처리하였다.

고려 시대 향리는 그 지방의 토착세력을 대표하는 계층이었으므로 그

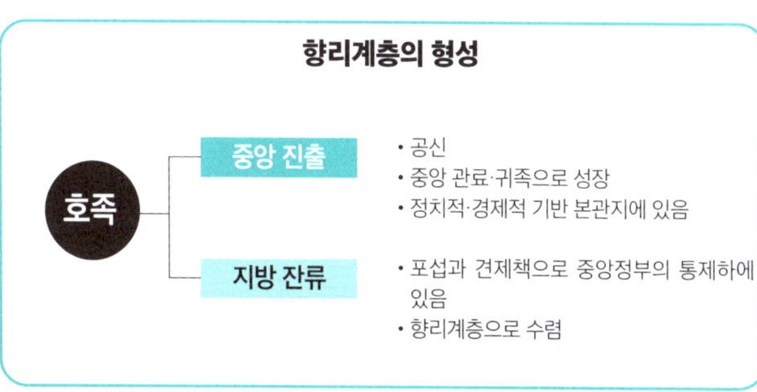

들이 갖는 사회·경제적 비중도 상당히 높았다.

조선시대에는 모든 고을에 '사또'를 내려보냈지만, 고려 시대에는 그렇지 못했다. 고을을 다스리는 지방관을 내려보낸 고을보다 그러지 못한 고을이 훨씬 많았다.

1018년(현종 9)을 기준으로 보면, 수령이 파견된 마을은 46개인데 반해 파견되지 않은 고을은 361개 소였다. 그리고 파견되지 않은 마을은 향리들이 다스리도록 하였다.

수령을 내려보낸 고을을 '주현州縣'이라 했고, 파견하지 못한 곳을 '속현屬縣'이라 불렀다. '주현'은 사또를 통해서 다스리면 됐지만 '속현'은 근처의 '주현'을 통해서 간접적으로 다스려야만 했다.

고려 시대에는 중앙정부의 힘이 지방 구석구석까지 속속들이 미치지는 못한 것이다. 그래서 지방을 다스리는 일을 그 고을 사람에게 맡겨야만 했다.

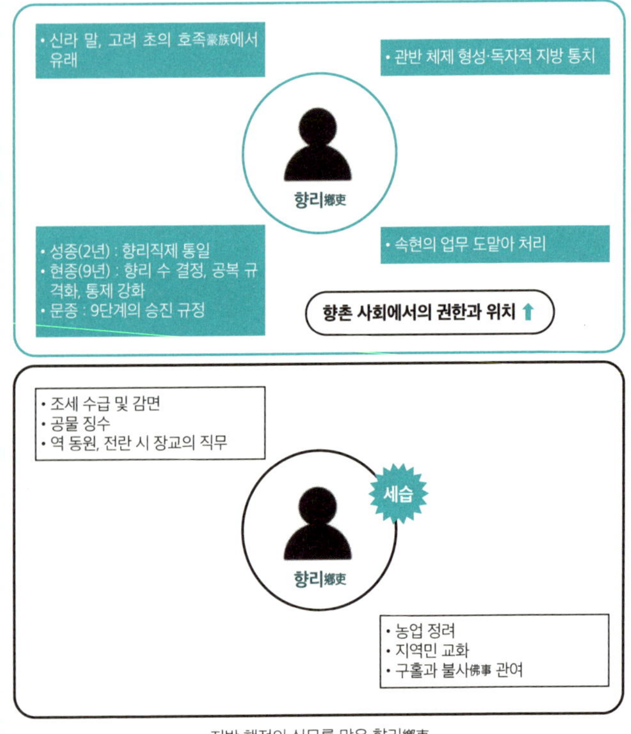

지방 행정의 실무를 맡은 향리鄕吏

향리 제도의 기본 구조는 향리의 수장인 호장·부호장 밑에 일반서무를 관장하는 호정·부호정·사 계열과 지방 주현군州縣軍과 관련된 병정·부병정·병사의 사병계열, 그리고 조세·공부의 보관 및 운수와 관련된 창정의 사창 계열로 조직되었다.

자기 고을 살림살이를 맡은 사람을 향리라고 불렀다. 고려 시대 각 고을에는 향리의 숫자가 상당히 많았다. 작은 고을도 30명은 되었고 80명이 넘는 큰 고을도 있었다. 각 고을에는 향리들이 모여서 근무하는 관청이 따로 있었다.

향리들은 이곳에서 세금을 거두는 등 고을의 여러 일을 처리했다. 향리들 사이에 역할 분담과 위계질서도 있었다.

중앙정부의 관리를 뽑을 때는 과거시험을 쳐서 실력 있는 사람을 뽑았지만, 지방의 향리들까지 시험을 쳐서 뽑지는 않았다. 따라서 그동안 향리 노릇을 해온 집안 후손들이 대를 이어서 향리가 되었다. 향리 집안이 따로 있었던 셈이다.

향리들 사이에도 등급이 있었다. 등급에 따라 옷 색깔도 달랐다. 향리의 우두머리를 호장이라 불렀다.

고을마다 호장이 여러 명 있어서 적은 고을도 4명은 되었고 많은 고을은 8명이나 되었다. 작은 고을이라 하더라도 3~4명의 호장이 있었다.

당시 호장으로 불렸던 향리의 영향력은 막강했다. 호장과 부호장은 그 밑에 향리들과는 공복이 달랐다. 호장이 되기 위해 뇌물을 쓰기도 했다는 기록이 있는 걸 보면, 호장이 되는 것은 그야말로 엄청난 출세였다. 호장도 유력한 집안끼리 결혼하여 그 직을 독점하였다.

호장은 근무 성적이 좋다고 해서 될 수 있는 게 아니었다. 어느 출신 집안이냐에 따라서 정해졌다. 호장을 지낸 집안 후손들이 대대로 그 자리를 이어받았다는 뜻이다.

그래서 지방 사람들 사이에서는 호장 집안에서 태어나는 것은 더할 수 없는 부러움의 대상이었다. 향리라고 해서 다 똑같은 향리가 아니었다.

호장 자리를 대대로 이어받는 집안들은 자기 고을에서만 행세했던 것은 아니다. 이러한 집안은 대부분 형편이 좋았던 만큼 자녀 교육에도 힘을 쏟았다. 호장 자녀도 과거시험을 볼 수 있었다.

자녀가 과거시험에 급제해서 관리가 되면 그 집안도 중앙으로 진출할 수 있었다. 고려 시대에는 김부식처럼 호장 집안 출신으로 출세해서 문벌 귀족이 된 사람도 적지 않았다.

호장을 포함한 향리들은 세습직으로 지방의 행정을 맡았다. 따라서 세금을 걷고 때로는 감면해 주는 역할도 했다. 이들은 중앙정부에 세금을 바칠 때도 이를 책임졌으며 전쟁이 나면 이를 지휘하는 역할, 그리고 기본적으로 지방의 관리인만큼 지방민들의 화합을 다지는 데에 앞장섰다.

농업이 기반이었던 사회였던 만큼 농업을 권장하고 국가적으로 혹은 사회적으로 재난을 당한 사람에게 구제하는 역할을 맡았다. 그리고 고려는 불교 국가였으므로 고을에서 절을 짓는 일을 할 수 있었는데, 이런 일에 사람들을 참여시키는 것도 향리가 주도했다.

이들 향리 중에는 중앙으로 진출하는 예도 꽤 있었다. 특히 이들의 자제들이 과거제도를 통하여 중앙정치계로 진출하는 사례가 많았는데 그중에는 고려의 대표적인 문벌 귀족으로 자리 잡은 경우로 당시 경주 지역에서 대대로 호장을 세습해오던 삼국사기 편찬 책임자였던 김부식 등이 있다.

그러나 중소 도시의 향리는 중앙관직으로 진출하는 경우가 대도시의 향리층보다 현저하게 적었고, 향·부곡·소의 향리층들은 무인 집권기 이전까지는 거의 배출하지 못했다가 고려 후기에 이르러 서서히 진출하기 시작했다.

하지만 이런 향리는 무인 집권기에 접어들며 그 위치에도 변화가 생긴다.

무신정변으로 수많은 문신이 죽임을 당하자 그 공백을 메우기 위해 향리의 상층부들이 중앙정치계로 진출했다. 소위 말하는 신진 관료가 향리 출신인 셈이다.

이후 원나라의 간섭이 심하던 시기에도 향리의 진출은 계속 이어졌다. 그리고 전쟁을 통해서도 공을 세워 중앙 진출이 이루어졌다.

그런데 고려 시대에 지방관이 파견된 주현보다 파견되지 않은 속현이 더 많았다. 그 이유는 고려 조정에서 이들의 권한을 인정해 주는 면도 있었지만, 이들을 이용하여 지방을 지배하려는 의도가 있었기 때문이었다. 즉, 향리 계층이 주도하여 자율적으로 그 지방을 다스리게 하려는 의도가 있었던 것이다.

12세기 들어 농민의 반란이 계속해서 일어나고, 이로 인해 정든 고향을 떠나 유랑하는 농민들이 늘어나자 정부에서는 '감무監務'라는 수령을 파견하기 시작했다. 이 방식이 상당한 효과를 거두자, 조정에서는 이를 점점 확대해 나갔다. 이렇게 하여 무신정권 초기에는 절반이 넘는 속현에 감무가 파견되었다.

이런 상황이 지속되자, 그동안 독자적인 행정단위였던 속현이 주현의 일부로서 종속관계에 놓이게 되었다.

　이를 이용하여 주현에서는 자신들이 부담해야 하는 세금 등을 속현에게 부담시키는 등 여러 가지 폐단이 일어나기 시작했다.

　이리하여 갈수록 속현으로부터 많은 민원이 일어나자 조정에서는 전국의 모든 고을에 직접 관리를 파견하여 다스리는 방향으로 노력하기 시작했다.

　고려 후기로 접어들면서 중앙에서 직접 관리를 파견하는 곳이 늘어났다. 그래서 그동안 그 지방을 자율적으로 관리하며 지배해오던 향리의 위상은 점점 축소되었되어 고려 말기에 이르면 고을 수령 밑에서 행정 업무를 담당하는 실무자의 역할을 수행하게 되었다.

김순이 잔을 비우고 다시 막걸리 병을 들어 그의 사발에 가득 부었다.

길고 긴 여름 해가 마침내 저물었다. 어둑어둑 땅거미가 몰려오면서 시끄럽게 울어대던 매미 소리도 잦아들었다. 주막 입구에 몇 개의 등이 걸리니 다시 마당이 훤해졌다.

갑자기 마당에서 주막집 주인 여자의 호들갑 떠는 소리가 들렸다. 젊은 남정네와 주고받는 소리가 가까워지더니 두 사람이 방 안으로 들어섰다.

"어이. 천이. 이제사 오네. 수고 많았어. 고생했네."

중년 사내가 반갑게 그의 손을 잡아 자기 옆자리에 앉혔다.

"일이 잘 끝났습니다. 날이 움매나('얼마나'라는 뜻의 강원도 동해안 지방 사투리) 더운지…. 근데 여기 주막은 어쩐 일이래요? 사무실에 갔더니 나를 찾아온 손님이 있다고 하던데?"

그는 자리에 앉으면서도 계속 맞은편에 있는 김순을 쳐다보았다. 잠시 고개를 갸웃거리던 그가 벌떡 일어나며 김순을 보고 조심스럽게 물었다.

"혹시… 전에 여기 살던…?"

“맞네. 이 사람아. 내가 바로 순일세. 김순金純. 해장이 자네 나 알아보겠는가?”

그의 말이 미처 끝나기도 전에 김천이 벌떡 일어나면서 그의 손을 잡았다.

“그래 맞아. 자네 순이지. 이게 얼마 만인가? 십 년도 더 넘었지 아마? 해장이라는 이름도 오랜만에 들어보네. 허허허.”

두 사람은 오랫동안 포옹했다. 중년 남자가 일어나 두 사람을 자리에 앉히고 차례로 술을 따랐다.

중년 남자는 미소를 머금은 채 김순을 바라보며 자기소개를 했다.

“나는 이름을 바꾼 지 오래됐어. 전쟁이 끝나고 아버지께서 이름을 천遷, 옮길 천. 김천으로 바꿨어. 근데 자네 식솔은 다 강릉부로 이사 가지 않았나? 여긴 어인 일로 오셨나? 산소에 볼일이라도 있는가? 내가 뭐 도와줄 일이라도 있으면 얼른 말해 보시게.”

김천이 막걸리 잔을 비우며 물었다. 옆에서 중년 남자가 말을 가로채며 끼어들었다.

“오랜만에 만난 것도 좋은 일인데 이 친구가 깜짝 놀랄만한 희소식을 가지고 왔다는데 어디 들어봅세. 허허허.”

“희소식이라고요? 무슨 소식이길래…?”

“세상에 살다 보니 이런 일 있네. 나도 아직도 믿어지지 않네만….”

김순은 달포 전에 강릉역참 앞 골목 장터에서 몽골에서 온 백호 습성을 만났던 이야기를 꺼냈다.

김순은 강릉부 장마당에서 김해장이라는 사람을 찾는 몽골에서 온 고려인이 있다는 풍문을 듣고 그를 만난 과정을 설명해 나갔다.

그리고 친구의 어머니가 살아 계신다는 소식과 그 어머니가 해장이를 애타게 그리워하고 있다는 이야기를 자세하게 풀어놓았다.

이야기를 듣는 동안 김천과 중년 남자는 이 믿을 수 없는 이야기에 푹 빠져들었다. 그리고 쉴 새 없이 번갈아 질문하면서 자초지종을 캐물었다.

“아니 그러지 말고 빨리 편지나 꺼내 보우. 어머니께서 보낸 편지가 있다매?”

중년 남자가 재촉했다. 순간 김천의 눈이 왕방울만큼이나 커졌다.

“편지라구요? 무슨 편지? 설마 어머니께서 편지를…?”

“맞네. 자네 모친은 글을 아는 분이잖는가?”

김순은 허리춤에서 고이 싸매고 있던 보자기를 꺼내 풀며 말했다. 두루마리에는 꼬깃꼬깃 고이 보관된 편지가 들어있었다.

가죽 조각을 어렵게 구했는지 몇 개를 붙여서 글을 썼는데 오랜 시간 동안 정성스럽게 쓴 편지임을 금방 알 수 있었다.

"그래. 우리 모친은 글을 쓸 줄 아시네. 오오… 이게 그 편지인가? 어디 보세."

써둔 지 꽤 오래되었을 것 같은 낡은 가죽에 김천의 어머니가 한 자 한 자 붓으로 정성스럽게 쓴 글이 들어있었다.

세 사람은 단번에 그 글을 읽어 내려갔다. 편지의 내용은 짧고 간단했다.

"나는 지금 살아있고, 원나라 어느 집에서 종살이하고 있다. 굶주려도 먹지 못하고 추워도 옷도 없이 지내며 낮에는 호미질하고 밤에는 절구질하니 몹시 괴롭구나. 누가 나의 고된 삶을 알겠는가?"　　　　　　　　　　　―『고려사』권121, 김천 열전

필체로 보니, 14년 전에 실종된 어머니가 쓴 편지가 틀림없었다.

김천의 가족들은 그동안 어머니가 돌아가신 줄 알고 그동안 매년 제사를 지내왔는데, 비록 노예로 잡혀있지만 아직 살아있다는 소식을 듣고 반갑고 놀라 울음을 터뜨렸다.

세 사람은 서로 붙잡고 울다가 웃다가를 반복했다.

"아니. 아니. 이럴 게 아니라 우리 집으로 갑시다. 아버님께서 이 기별을 들으시면 아마 까무러치실 텐데…. 빨리 갑시다."

김천은 주막집에서 심부름하는 어린 꼬마를 불러 집으로 귀한 손님이 간다는 소식을 전하라고 했다. 그리고 두 사람과 함께 집으로 향했다. 부탁을 받은 어린 꼬마는 날쌔게 주막 담을 돌아서 뛰어갔다.

김천의 집은 웃말로 불리는 골짜기 입구에 있었다. 주막에서도 그리 멀지 않는 거리였다.

골목길을 벗어나니 웃말이 바로 눈앞에 다가왔다. 세 사람은 잰걸음으로 김천의 집 가까이에 이르렀다.

갑작스런 기별을 받은 김천의 식구들이 밖으로 나와 이들을 반갑게 맞이했다.

"어서 가세. 저기 아버님도 나와 계시는구먼. 아버님. 아버님."

김천이 큰 소리로 부르며 뛰어가 문 앞에 이르니 서성거리며 오가던 사람들이 모두 김천 일행에게 일제히 모여들었다.

"이 밤에 수고가 많네."

나이가 지긋한 사람이 우계현 호장인 중년 남자를 보고 반갑게 손을 내밀었다. 김천의 부친 김종연이었다.

김종연은 우계현의 호장으로 일하다가 전쟁통에 부인과 둘째 아들을 잃자 크게 상심한 나머지 호장의 자리를 아들 김천에게 물려준 후, 서책을 읽고 간간이 집안 농사일을 챙기며 살고 있었다.

"아이고. 아닙니다. 오늘 곽제('갑자기'라는 뜻의 동해안 지방 사투리) 너무 놀라운 소식을 들어서 이래('이렇게'라는 뜻의 동해안 지방 사투리) 왔습니다."

호장이라 불리는 중년 남자는 입에서 나오는 막걸리 냄새를 감추려고 손을 들어 입을 가리며 고개를 옆으로 돌렸다. 김종연은 젊은 호장을 반갑게 안으로 안내하면서도 눈은 아들과 함께 온 김순에게서 떨어지지 않았다.

문 앞에 서성거리던 사람들이 집 마당으로 모여들자 좁은 집 마당에는 사람들이 더는 들어설 수 없을 정도가 되었다.

김순이 앞으로 나서면서 김종연에게 허리를 굽혀 인사를 했다.

"어르신. 저 알아보시겠습니까? 저… 여기에 살던 순입니다. 김순."

사람들이 웅성거리는 소리가 커졌다. 마을 사람들은 거의 모두가 김순을 알아보았다. 곳곳에서 탄성을 지르는 사람도 있었다.

"그래그래. 네가 순이구나. 반갑구나. 어디… 강릉부에서 산다고 들었다마는… 여긴 어인 일로 왔는가? 내 얼핏 들었다마는… 당최('도무지'라는 뜻의 동해안 지방 사투리) 믿을 수 없어서…."

"아버님. 여기서 이럴 게 아니라 어서 안으로 드시지요. 안에서 천천히 말씀을 나누셔야… 여보."

김천이 부엌을 향해 자기 처를 부르면서 안으로 들어섰다. 한 손으로는 김순의 소매를 잡고 한 손으로는 부친을 모시면서 안마루로 이끌었다.

"그렇지. 그래. 아이고. 내 정신 좀 보거라. 어여… 얼푼('얼른'의 강릉지방 사투리) 뭐 마실 거라도 가지고 오너라. 귀한 손님이 왔으니…."

김종연은 흥분을 가라앉히지 못하고 들뜬 목소리로 집안을 향해 큰 소리로 말했다.

부엌에서 술안주를 장만하던 김천의 부인이 나와 다소곳

김씨 부인의 가계家系

원래 김자릉은 명주에 오랫동안 토착해온 호장戶長 출신으로 우계현에서는 나름의 상당한 배경을 가지고 있던 사람이었다.

호장은 향리가 오를 수 있는 가장 높은 직위이다. 향리는 해당 지역에서 토착해온 유력 계층으로 국가가 임명했다. 그들은 해당 군현의 수령을 보좌하며 행정 실무를 전담했다. 무공을 세우거나 과거에 급제해 일반 관료층이 되어야 향리 직에서 벗어날 수 있었다.

향리 직은 세습되었으며, 혼인도 향리 집안끼리 통혼했다. 향리와 비슷한 처지에 있는 신분은 중앙관청에서 행정 실무를 담당한 서리층과 궁중의 일과 행정을 전담한 남반南班이 있다.

향리, 서리, 남반 계층을 흔히 중류층(혹은 중간계층)이라 하는데, 역이 세습되고 같은 계층끼리 혼인하는 공통점이 있었다.

김자릉의 가문은 그의 아들 김용문金龍聞이 과거에 급제하면서 머지않아 향리 직에서 벗어나 중앙 관료로 진출할 길도 열려 있었다. 그의 집안은 과거에 응시해 합격할 정도로 호장 가운데서도 여유 있는 집안이었다. 이 때문에 김자릉의 집안은 명주군에서도 상당한 명문가로서 위상을 구가하고 있었다.

김자릉은 우계현의 호장의 한 사람인 김종연金宗衍을 점찍어 두었다가 큰딸을 그에게 시집보냈다. 평소 성실하게 업무를 처리하는 데다 심성이 워낙 착한 그가 마음에 들었다.

그녀는 김종연에게 시집간 후로 든든한 친정을 배경으로 제법 넉넉한 생활을 하면서 두 아들 천遷, 어린 시절 이름은 해장海莊과 덕린德麟을 낳았다.

그러나 단란한 김씨 부인의 가정은 겨우 15년 만에 몽골군의 침입으로 김씨 부인과 차남 덕린이 포로로 잡혀가면서 풍비박산이 났다. 당시 김씨 부인은 갓 서른을 넘긴 나이였고, 장남 김천의 나이 15세였다.

『고려사高麗史』의 김천 열전에 따르면, 고종高宗(재위 1213~1259) 말년에 김종연의 처 김씨 부인과 아들 덕린이 몽골군의 포로가 되었다고 한다.

몽골군이 동해안을 침입해 올 때 마을 사람들과 함께 마을 뒷산 백두대간으로 숨어들다가 뜻하지 않게 작은아들 덕린과 함께 몽골군에게 포로로 잡혀가는 화禍를 입은 것이다.

몽골군이 명주 지역에 침입한 것은 1253년(고종 40) 무렵으로, 몽골군의 5차 침략 때였다. 이해 7월 압록강과 대동강을 건넌 몽골군은 개경과 남부 지역, 강원도와 동부 지역의 두 갈래로 나누어 공격했다.

이때 강원도 동부 지역은 8월에 화주和州(함흥), 고주高州(고원), 동주東州(철원)가 큰 피해를 보았고, 9월에는 충주, 춘주春州(춘천), 10월에는 등주쯙州(안변) 금양현金壤縣(통천) 등이 피해를 보았다.

특히 10월 침공 때는 동해안 양주襄州(양양)가 몽골군에 의해 함락되

현내리 서낭당의 느티나무

었고 남쪽의 명주溟州(강릉)도 큰 피해를 보았는데 우계현도 예외는 아니었다.

이때 김씨 부인은 둘째 아들 김덕린과 함께 몽골군에게 포로로 잡힌 것이다.

또 다른 사서인 『고려사절요高麗史節要』에는 김씨 부인이 1259년(고종 46)에 포로가 되었다가 1276년에 귀국했다는 기록이 있다. (『고려사절요』 권19, 충렬왕 2년 8월조)

그러나 그녀가 포로가 되었다는 1259년에는 몽골군이 명주 지역을 침략한 기록이 없다. 이 해는 고려가 몽골군에 항복한 해로 전쟁이 끝난 해이다. 따라서 김씨 부인이 포로가 된 해는 『고려사』 기록에 적혀 있는 것과 같이 1253년 무렵으로 보는 것이 타당하다.

김씨 부인은 비록 원나라 동경東京에서 노예로 살고 있었지만 헤어진 가족을 잊지 않았고, 언젠가는 돌아가리라는 희망을 버리지 않았다.

그녀는 글을 아는 사람이었기 때문에 살아남기 위해서는 어떻게 처신해야 하는지 잘 알고 있었다. 현명한 여자였던 그녀는 평소 한껏 자세를 낮추고 세상 물정을 아무것도 모르는 촌부처럼 지내며 절치부심하면서 기회를 보고 있었다.

마침내 김씨 부인은 귀국하는 고려인을 만나, 아들 김천에게 자신의 소식을 전하는 행운을 얻었다.

김종연은 전쟁이 끝나고 한동안 부인과 아들을 찾아 사방으로 수소문하며 찾아 나섰지만 찾을 수 없었다. 김종연이 그렇게 그의 부인과 아들을 찾아 몇 년을 헤매는 동안 어떤 이로부터는 부인이 몽골군에게 포로로 붙잡혀 강릉부 몽골군 막사에서 봤다는 사람도 있었고, 또 어떤 이는 몽골군에게 부인이 아들과 함께 죽임을 당했다는 소식을 들었다는 등의 이야기를 전해 듣기도 했다.

마침내 3년이 지나면서 김종연은 아내 김씨 부인과 아들 덕린의 소식을 알 길이 없자 포기할 수밖에 없었다. 그는 부인과 아들이 모두 죽은 것으로 생각하고 지금까지 14년이 지나도록 계속 제사를 지내왔다.

하게 인사를 했다. 그녀는 다시 부엌으로 들어가 이것저것 챙기며 서둘러 달라고 말했다.

부엌에는 이미 마을 아낙 여러 사람이 김천의 부인을 도와 술과 안주를 장만하고 있었다.

"김 서방. 사돈에게 기별은 보냈는가? 빨리 모시고 오시게."

김종연이 뒤를 따르는 젊은이를 돌아보며 물었다. 김 서방이라고 불리는 젊은이는 허리를 숙이면서 황급히 대답했다.

"여부가 있겠습니까. 어르신. 제 아들놈이 친구들과 바로 떠났습니다. 곧 모시고 올 겁니다."

김종연은 아들 김천이 급히 보낸 소식을 듣자마자 금진金津에 사는 사돈댁에 곧바로 기별을 전하게 하고 모셔 오도록 한 것이다.

처가 식구들은 우계현 소재지에서 불과 10여 리 거리에 있는 바닷가 마을 금진에서 살고 있었다.

안마루에는 여러 개의 등이 환하게 불을 밝히고 있었다. 김종연이 마루 윗목에 자리를 잡고 그 주위로 호장 일행과 아들 김천, 그리고 친척 몇 사람이 빙 둘러앉았다.

김순은 공손하게 친구의 부친인 김종연에게 큰절을 올렸

다. 김종연이 김순을 향해 같이 예를 표하고 자리에 앉도록 권했다. 그러나 김순은 일어선 채로 겉저고리를 벗으면서 말했다.

"아버님. 제가 이렇게 찾아온 이유는 바로, 이 편지 때문입니다. 해장이 친구 모친께서 원나라에 살아계신다는 반가운 소식이 여기에…."

김순의 말이 끝나기도 전에 사람들의 눈이 휘둥그레지면서 놀라는 소리로 웅성거리기 시작했다. 왁자지껄하는 소리가 온 집안을 떠들썩하게 만들었다.

벌써 군데군데 흐느끼는 사람도 있고 손뼉을 치면서 환호하는 사람들도 있었다.

"아니… 그게… 그게… 설마… 사실인가?"

김종연이 벌떡 일어나며 편지 뭉치를 받아서 들더니 손을 부르르 떨었다.

갑자기 그의 몸이 기우뚱거리며 비틀거렸다. 충격을 받은 모습이 확연했다. 김천이 놀라 벌떡 일어나 휘청거리는 부친을 부축했다.

"아버님. 아버님…. 여기 물… 물 좀 가져오게."

김천이 부엌을 향해 소리쳤다. 겨우 정신을 차린 김종연이 김천의 품에 기대 낮은 소리로 말했다.

"괜찮다. 괜찮아⋯ 해장아. 나 좀 바로 앉혀 주렴."

겨우 정신을 차린 김종연이 자세를 바로잡고 앉았다. 경황이 없는 와중에서도 김종연은 편지 뭉치를 꽉 잡고 있었다. 그가 김천에게 편지 뭉치를 주면서 말했다.

"해장아. 이 편지 좀 펴서 보여주거라. 찢어지지 않게 잘 펴야 한다. 조심해서⋯."

김천이 편지 뭉치를 받아 마룻바닥에 조심스럽게 폈다. 김순이 옆에서 김천을 도왔다.

마룻바닥에 곱게 펼쳐진 낡은 가죽 편지에는 김천의 모친이 정성을 들여 써 내려간 글자가 새겨져 있었다.

"여기 불 좀 밝게 가까이 비추거라."

김종연이 떨리는 음성으로 나지막하게 말하자 사람들이 호롱불을 가까이 들이댔다.

"빨리 좀 읽어라. 여기 마을 사람들이 다 모이셨으니⋯. 이 기쁜 소식을 다 아는 게 좋을 것 같구나."

"예. 아버님."

김천이 편지를 보며 천천히 읽어 내려갔다.

"나는 살아서 (원나라) 어느 주州의 어느 마을 어떤 집으로 들어가 종이 되었다. 배가 고파도 먹지 못하고 추워도 입지 못하면서 낮에는 밭을 매고 밤에는 방아를 찧으며 온갖 고생을 겪고 있으니, 내가 살았는지 죽었는지 어느 누가 알겠는가?"

김천이 읽어 내려가다 도중에 목이 메 흐느끼자 김순이 곁에서 이어받아 읽어 내려갔다.

모여 있던 사람들의 흐느끼는 소리는 점점 커지더니 삽시간에 온 집안은 울음소리로 가득 찼다.

김천은 손바닥으로 마룻바닥을 치며 연신 어머니를 부르면서 통곡하더니 마침내 까무러쳤다. 사람들이 깜짝 놀라 김천을 둘러업고 안방으로 들어가 눕혔다.

부엌에 있던 김천의 부인이 놀라 물그릇을 들고 안방으로 달려 들어갔다.

마루에 조용히 앉아 눈을 감고 있던 김종연이 부인이 살아 있다는 소식을 담은 편지를 직접 듣고는 혼절하다시피 마룻바닥에 힘없이 쓰러졌다.

지켜보던 사람들이 크게 놀라 달려들어 부축했다. 온 집안에 탄식하며 혀를 차는 소리, 눈물을 훔치며 훌쩍거리는 소리가 곳곳에서 들렸다.

잠시 후 정신을 다시 차린 김천이 마루에 나와 쓰러진 부친의 곁에 무릎을 꿇고 앉았다.

“아버님. 아버님…. 흑흑….”

그는 부친의 목을 잡고 얼굴을 어루만지며 하염없이 눈물을 흘렸다.

김종연은 겨우 정신을 차리고 아들의 얼굴을 바라보며 하염없이 눈물을 흘렸다.

“우째 이런 일이…. 세상에… 하늘도 무심하지 않았구나….”

그는 낮은 목소리로 중얼거리며 아들의 얼굴을 만졌다. 그가 몸을 일으키려고 손에 힘을 주자, 김천이 얼른 그의 상체를 일으켜 세웠다.

사람들이 다시 물을 가지고 와서 김천에게 건넸다. 김천은 조심스럽게 부친에게 물을 권했다.

그때 마당에서 왁자지껄하는 소리가 들리더니 사람들이 옆으로 일제히 물러섰다.

가운데 나이가 지긋하신 어른을 앞세우고 장정 몇 사람이 후다닥 빠른 걸음으로 들어서면서 소리쳤다.

“아니… 이게 무슨 일인가? 내 딸이…. 그 아이가 살아있다니….”

나이가 지긋한 얼굴의 어른이 숨을 헐떡이며 한걸음에

달려와 마루에 몸을 걸치더니 지팡이를 세우며 말했다. 김종연의 장인이자 김천의 외할아버지 김자릉金子陵이었다.

"외할아버지… 외할아버지."

김천이 마루에 뛰어나와 외할아버지 김자릉의 품에 와락 안겼다. 김자릉이 무게 중심을 잃고 잠시 휘청거리자 옆에 있던 그의 부인이 얼른 남편을 부축하면서 김천을 얼싸안았다.

"아이고… 해장이 우리 새끼. 그래… 그래. 그 기별 듣고 바로 올라왔니라. 대체 이게 무슨 일인가? 김 서방."

김자릉이 흐느껴 우는 김천의 등을 쓰다듬었다.

"오냐. 오냐. 그만 울거라. 이 할애비가 우리 외손주 얼굴 좀 보자. 허허허."

김천이 외할머니 품에서 얼굴을 들어 다시 김자릉의 품에 안겼다. 김자릉의 부인은 안마루로 들어서면서 겨우 정신을 차리고 엉거주춤 일어나 인사를 하는 사위 김종연을 향해 물었다.

"아니… 김 서방. 이게 무슨 말인가? 내 딸이 살아있다니… 응? 그게 사실인가?"

사람들이 안으로 들어선 김자릉의 부인을 부축하여 마루 위로 모셨다.

그녀는 손수건으로 흐르는 눈물을 계속 닦으면서 믿지 못하겠다는 듯 사위를 붙잡고 묻고 또 물었다. 김천이 그녀에게 말했다.

"어머니가 살아 계십니다. 어머니가…. 외할머니, 여기 어머니께서 보내신 편지가 있습니다. 여기…."

"오냐. 오냐. 알았다. 어디 보자… 어디…."

김자룡은 김씨 부인으로부터 편지를 건네받아 다시 마룻바닥에 폈다. 단숨에 편지를 읽어 내려간 김자룡은 두 손을 부들부들 떨었다. 그러고는 두 손을 들어 하늘을 향해 중얼거렸다. 그의 눈에는 하염없이 눈물이 흘렀다.

"오호… 천지신명께서 돌보셨구나. 조상님… 모두 고맙습…."

김자룡이 말을 잇지 못했다. 김종연은 김자룡의 손을 잡으며 흐느꼈다.

"빙장어른. 죄송합니다. 정말 죄송합니다."

김자룡과 그의 부인은 사위와 김천의 손을 꼭 잡았다.

"아이고… 얼마나 고생이 많았을꼬. 니 에미가… 우리 딸이… 우리 딸이… 이게 얼마 만인고…. 그렇게 잡혀간 지 벌써 열네 해가 지났는데… 흐으… 흑… 흑."

김천의 외할머니는 마룻바닥을 손으로 내리치며 울부짖

었다. 모여든 사람들이 다시 그녀를 부축하며 위로했다. 그녀는 더욱 서럽게 목 놓아 울었다.

모여든 사람들이 저마다 모두 눈물을 훔치니 삽시간에 울음바다가 되었다.

마당에 모여든 이웃 사람들이 하나둘 골목을 빠져나가자 잠시 조용하던 동네 개들이 다시 요란스럽게 짖어대기 시작했다. 반달이 마당에 있는 감나무 사이로 환하게 빛나고 있었다.

주위가 평소처럼 조용해지자 겨우 정신을 차린 김천은 다시 냉정함을 되찾았다.

그는 부모님과 외할아버지 내외분을 안방으로 모셨다. 그는 부인과 함께 외할아버지 내외분께 큰 절로 인사를 드렸다.

김천의 부인이 부엌으로 나가 준비하고 있던 주안상을 가지고 안방으로 가지고 들어왔다. 김천은 뒤에 조용히 앉아 있던 친구 김순을 어른들에게 인사를 시켰다.

김순은 일어나 어른들에게 큰 절로 인사를 드렸다. 10여 년이 흘렀지만, 사람들은 모두 한눈에 김순을 알아봤다.

김천이 자세하게 김순이 마을에 자기를 찾아오게 된 연

유를 설명했다. 가족들은 모두 김순의 손을 잡고 고맙다는 인사를 전했다.

김순은 김천이 말한 이야기를 보충해 설명하면서 원나라에서 온 백호 습성이라는 사람을 만난 이야기와 편지, 그를 통해 전해 들은 원나라 수도 동경의 상황 그리고 고려인 포로들의 고달픈 생활상 등에 관해 설명했다.

가족들은 주안상을 마주하고 술잔을 주고받으면서 김순의 이야기를 들었다.

사람들은 김순의 이야기 중간중간에 한숨 섞인 탄식을 내뱉기도 하고 안타까워하며 눈물을 훔치기도 했다. 한편으로는 불행 중 다행한 일이라며 안도의 한숨을 쉬기도 했다.

그러면서 모두 하나같이 빨리 김씨 부인을 모셔 오는 일이 시급하다는 데에 의견이 모아졌다.

가족들은 김씨 부인을 하루라도 빨리 모셔 오기 위해 누군가 멀리 원나라로 가야 하는데 누가, 언제, 어떻게 갈 것인가를 놓고 갑론을박했다.

그러나 그건 어려운 결정이 아니었다. 김천이 어머니를 모셔 오기 위해서는 자신이 가야 한다고 자원했기 때문이었다. 가족들도 그건 당연한 일이라고 이구동성으로 찬성

했다.

원나라로 가는 사람이 정해지자 그다음은 소요 경비 문제였다. 먼 길을 오가는 여비를 마련하는 문제도 있었지만 김순의 이야기를 종합해 보면, 결국 해결 방안은 어머니를 구해오는데 지급해야 하는 돈, 즉 속전贖錢을 마련하는 일이었다.

왜냐하면 당시 원나라에 포로로 잡혀간 사람을 다시 데리고 오려면 포로의 주인에게 몸값을 지급하고 데려오는 수밖에는 달리 방도가 없었기 때문이었다. 문제는 그 속전의 규모가 얼마나 되는가 하는 점이었다.

당시 원나라에 가서 고려인 포로 한 사람을 데려오기 위해서는 고려에서 유통되고 있던 화폐인 은병銀甁이 필요했다. 몽골인들이 고려 화폐인 은병을 좋아했기 때문이었다. 그러나 은병을 얼마나 준비해야 하는지에 대해서는 소문마다 그 내용이 달라서 쉽게 가늠하기 어려운 상황이었다.

당시는 오랜 전란을 겪은 지 얼마 지나지 않아 나라 경제도 상당히 어려운 상황이었고 전쟁 후 백성의 삶 역시 그리 녹녹하지 않은 시절이었다.

길거리에는 거지들이 넘쳐났고 삶의 터전을 잃은 백성들은 탐관오리들의 수탈을 피해 고향을 등지거나 산속으로 들어가 도적 떼가 되는 일이 비일비재했다. 당연히 저잣거리의 인심도 흉흉하긴 마찬가지였다.

두 집안이 모두 지방에서 향리 가문으로 지내기는 했지만 당장 큰돈을 마련한다는 것이 그렇게 쉬운 일은 아니었다.

가족들은 그동안의 쌓인 이야기를 주고받으며 큰돈을 얼마나, 어떻게 마련해야 하는지 여러 방안을 제시하면서 밤이 늦도록 의논했다.

개경으로 올라가다

　가족들은 한여름 긴 밤을 지새우며 돈을 마련하는 방도를 찾아 여러 의견을 내놓았다.

　결론은 두 집안이 가지고 있는 토지와 임야 등 얼마 되지 않은 재산을 모두 처분하기로 했다. 그리고 이웃과 친척들에게 사정을 설명하고 돈을 빌리기로 했다.

　김자릉의 가족들은 사위 김종연의 집에서 사흘을 지냈다. 그 사이에 이웃 마을 사람들이 소식을 듣고 위로차 계속 찾아오면서 김천의 집은 연일 손님을 치르느라 잔치 분위기가 계속되었다.

　그래도 가족들은 김씨 부인이 살아있다는 소식 하나만으로도 기분이 좋았다.

　들뜬 분위기는 그렇게 며칠을 이어갔다. 외할아버지 김

자룽의 가족도 돌아가고 찾아오는 사람도 뜸해지면서 김천의 가족들은 다시 평범한 일상으로 돌아갔다.

김천은 매일 수시로 모친이 보낸 편지를 꺼내 보며 통곡하곤 했다. 그는 어머니가 몽골에서 비참한 노예 생활을 하는 모습을 떠올라 식사할 때도 목이 메어 밥을 넘기지 못했다.

죽은 줄만 알았던 어머니의 소식을 접하니 미칠 것만 같았다. 울다가 그치고 다시 편지를 읽기를 되풀이했다.

김천의 아버지 김종연도 마찬가지였다. 매일매일 비통한 모습으로 식음을 전폐하다시피 하였다. 마을 사람들은 그들을 동정하였다.

김천은 바로 달려가 어머니의 몸값을 치르고 모셔 오고 싶었지만, 집안 형편이 그리 넉넉하지 않아 당장 돈을 마련할 수 없었다. 얼마 되지 않은 토지와 임야를 매물로 내놓았지만, 거래되기를 기대할 수 없는 형편이었다.

보름이 지난 후 김자룽은 다시 김천의 집을 찾았다. 그동안 이웃 사람들에게 빌린 은銀을 가지고 온 것이다.

그동안 김천도 여러 방면으로 돌아다니며 은화를 빌려 약간의 돈을 마련할 수 있었다.

김천은 가족들의 전송을 받으며 개경으로 향했다. 집안일을 도와 일하던 이웃집 김 서방의 둘째 아들이 따라나섰다. 김 서방은 김종연이 호장으로 근무할 때부터 집안 일과 농사일을 도와주던 노복이었다. 이웃해서 사는 다정한 이웃이지만 사실상 주인과 외거노비 사이의 관계였다.

두 사람은 가족에게 작별 인사를 하고 길을 나섰다. 얼마 되지 않는 돈이지만, 혹시라도 도중에 도적 떼를 만날 수 있는 상황을 가정하여 복대를 만들어 허리춤에 단단히 묶었다.

이제 스무 살을 갓 넘긴 김 서방의 아들은 든든한 길벗으로 믿음직스러웠다.

두 사람은 밤재를 넘어 정동진을 지난 다음, 점심 무렵이 되어 안인진에 도착했다. 김순은 안인진 역참에 들러 미리 연락해 놓은 관리들과 반갑게 인사를 나누고 강릉부에 공무로 들어가는 역마 일행에 끼어들었다.

김천은 우계현의 호장으로서 공문서를 파발로 보내고 받는 업무에 밝았기 때문에 역참을 활용하는 방법을 잘 알고 있었다.

그동안 업무상 가끔 얼굴을 익힌 적이 있는 데다가, 우계현을 떠나기 며칠 전부터 미리 파발을 통해 연락을 취해 놓았기 때문에, 안인진 역참에서의 일은 계획했던 대로 아주 매끄럽게 해결되었다.

두 사람이 강릉부에 도착할 무렵에는 이미 해가 저물어 가고 있었다. 김천은 관리들에게 고맙다는 인사를 하고 장마당 쪽으로 걸음을 옮겼다. 땅거미가 몰려오고 사방이 어둑해지자 하룻밤을 묵을 곳을 찾았다.

그러다가 김천은 갑자기 얼마 전에 우계현을 찾아왔던 친구 김순이 생각났다. 생각할수록 얼마나 고마운 친구였던가.

그는 김순이 경포호수 주변의 초당이라는 곳에서 두부 장사를 한다는 말을 기억하고 있었다. 당시 김순은 그에게 혹시라도 강릉부로 올 기회가 있으면 꼭 한번 찾아오라고 당부했던 말을 떠올렸다.

"안 되겠다. 경포호 부근의 초당으로 가자. 너. 지난번 우리 마을에 다녀갔던 내 친구 김순, 기억하지?"

그는 김 서방의 아들에게 물었다.

"암요. 당연히 기억하지요. 근데… 왜요?"

김 서방 아들이 의아하다는 듯 고개를 모로 기울이며 그를 쳐다보았다.

"그 친구가 경포 초당에서 두부 가게 한다고 했잖아. 거기로 가자. 거기 가서 하룻밤 묵고 가자. 반가운 친구 얼굴도 보고, 여관비도 아낄 수 있으니 말이야."

김순이 몸을 돌려 장마당을 빠져나와 바닷가 쪽으로 걸음을 옮겼다. 김 서방 아들은 그제야 알아들었다는 듯 재빨리 따라왔다. 두 사람은 어깨를 나란히 하며 앞서거니 뒤서거니 하며 잰걸음으로 걸었다.

바닷가가 가까워지자 시원한 바닷바람을 타고 짠 냄새가 콧속을 후비며 들어왔다. 그가 가끔 금진항의 외할아버지 댁에 갔을 때 맡아보던 바다 내음이었다.

김순의 두부 가게는 경포 해변의 소나무 숲을 지나서 경포호수로 이어지는 초당마을 초입에 있었다. 불이 켜진 집이 그다지 많지 않은 마을은 한적했다. 두 사람이 마을 초입에 들어서자 동네 개들이 시끄럽게 짖어댔다.

김순의 두부 가게는 장사를 마쳤는지 마당으로 들어서는 입구에 기다란 장대를 가로막아 놓았다. 조금 전까지 영업했는지 부엌에는 불이 밝았고 사람도 이리저리 왔다 갔다 하고 있었다. 아마도 부엌을 정리하고 있는 것 같았다.

"안에 계시오?"

김순이 나지막하게 주인을 부르자 부엌에 있던 중년 여인이 밖으로 얼굴을 빼꼼하게 내밀었다.

그녀는 마당 입구에 가로로 쳐놓은 장대를 잡고 안을 기웃거리는 김천 일행을 발견하고는 두 손을 행주치마로 닦으면서 밖으로 나왔다.

"오늘 장사는 끝났는데…."

"아… 그렇군요. 혹시 여기가 김순이라는 분이 하는 가게가 아닌지…."

"맞는데요…. 왜 그러시죠…?."

아낙네는 행주치마를 움켜쥐면서 경계하는 듯 두 사람을 아래위로 조심스럽게 훑어보았다.

"죄송하지만… 댁은 누구신지…?"

김천이 두 손을 앞으로 가지런히 모으면서 정중한 어투로 물었다. 그녀는 잠시 머뭇거리더니 대답했다.

"그이는 제 남편입니다. 저는 그이의 처입니다만…."

"아이고… 형수님이시구먼요. 저는 우계현에서 온 김천이라고 합니다. 김순의 어릴 적 친구입니다. 한 동네에서 같이 컸죠. 지난번 친구가 우계로 와서…."

"아… 예. 압니다. 남편에게 말씀 많이 들었습니다."

김순의 부인은 화들짝 놀라 마당으로 나와 가로질러놓은 장대를 빼고는 두 사람을 마루로 올라가기를 권했다. 그녀는 만면에 미소를 띠고 정중하게 응대했다.

"어째 사전에 기별도 하지 않고 이렇게 곽제… 찾아오셔서…. 그나저나 이를… 우뚜하나?('어떻게 해야 좋을까?'라는 뜻의 강원도 동해안 지방 사투리) 그이는 아침에 안목에 다녀온다고 갔는데 아직 기별이 없네요. 이제 해가 졌으니 좀만 있으면 곧 올기래요. ('올 겁니다.'라는 뜻의 강원도 동해안 사투리)"

"아아… 기별도 없이 불쑥 찾아와서 미안합니다. 괜찮습니다. 친구가 올 때까지 좀 기다리면 되지요."

"그럼. 아직 저녁을 못 드셨겠네요. 어서 안으로 드세요. 금방 차려오겠습니다. 자자… 이쪽으로 오세요."

김순의 부인은 김천이 손사래를 치면서 미안해하자, 두 사람을 마루에 오르도록 권하고는 조금만 기다리라고 하면서 부엌으로 들어갔다. 두 사람은 못 이기는 척하고 마루로 올라가 자리를 잡았다.

잠시 후 그녀가 상을 차려 마루로 올라왔다. 김치와 몇 가지 밑반찬으로 소박하게 차린 상 위에는 김이 모락모락 피어나는 하얀 순두부가 놓여 있었다.

진한 국물 냄새가 코끝을 스치자 그제야 시장기가 한꺼번에 몰려왔다. 사실 두 사람은 하루 종일 별로 먹은 게 없었다.

두 사람이 순두부에 밥을 말아 거의 다 먹었을 즈음에 김순이 마당에 들어섰다. 그는 집안의 풍경을 보고 잠시 고개를 갸웃거리다가 김천을 보고는 화들짝 놀랐다.

마루에서 밥을 먹고 있던 김천이 그를 보고 소리 지르며 맨발로 마당으로 내려서자 김순은 고기를 담은 망태를 내던지듯 내려놓고는 달려와 그를 덥석 안았다. 두 사람은 한동안 말을 하지 못할 정도로 기뻐하며 몇 번을 얼싸안았다. 김순의 부인은 만면에 미소를 띠며 지켜보았다.

"아니. 여보. 뭘 지켜보고 있는 게요? 어서 여기 술상 좀 봐오시구려."

"아이고, 내 정신 좀 보소. 술상은 벌써 봐 놓았지요."

김순이 아내보고 다그치자 넋을 놓고 두 사람을 지켜보고 있던 그의 아내가 놀라는 시늉을 하며 얼른 부엌으로 들어갔다.

두 사람은 밤이 늦도록 술잔을 기울이며 그동안의 회포를 풀었다. 김천은 김순이 우계현을 다녀간 이후부터 진행되었던 일들을 빠짐없이 말해주었다.

김순은 그가 말하는 동안 때로는 감탄하고 때로는 안타까워 탄식하기를 반복했다. 그러다가 어떤 부분에서는 박장대소하며 허리가 끊어질 듯 호탕하게 웃었다.

김순은 김천이 어머니를 구하러 개경으로 올라가려고 길을 떠났다는 사연을 듣고 감동했다. 김순의 부인은 김천과 청년이 묵을 방을 정리해 놓았다.

두 사람은 밤이 늦도록 술잔을 기울이다가 삼경이 넘어 잠자리에 들었다.

이튿날, 아침을 든든하게 먹은 김천은 다시 길을 떠나기 위해 마당으로 나왔다. 김순은 못내 아쉬워하며 잡은 손을 놓지 못했다.

"생각 같아서는 나도 같이 올라가서 도와드리고 싶네만, 장사할 사람이 없으니 어쩔 수 없네. 자네가 이해 좀 해주시게나."

김순이 못내 아쉬워하며 안타까워하자, 김천은 손사래를 쳤다.

"아이고, 이 사람아. 무슨 그런 말씀을 하시나. 내가 길을 나서기 전에 미리 강릉부 역참을 담당하는 각 지역의 관리에게 사연을 전하고 도움을 요청해 놨네. 그래서 강릉부 관할에서는 도움을 충분히 받을 수 있을 것 같아. 제일 어려운 대관령을 올라 진부역까지 가는 길도 별로 큰 어려움은 없을 것 같으이. 그러니 그렇게 걱정하지 마시게."

"다행일세. 다행이야. 자네가 그렇게 주도면밀하게 준비했다니 정말 대단한 일이야. 그리고… 이거….."

김순이 주춤거리면서 그의 아내에게 눈짓하자 그녀가

마루에 미리 놓아두고 있던 주머니를 들고 왔다.

김순이 주머니를 받아 김천의 곁에 서 있는 젊은 청년에게 주면서 말했다.

"아마도 어머니를 구하는데 속전이 많이 필요할 거야. 더구나 그 먼 길을 오가려면 적잖은 여비가 필요할 텐데, 충분하지는 않지만, 이거라도 좀 보태 쓰시게. 미리 연락받았더라면 나도 힘을 보탤 수 있었을 텐데… 내 형편이 이 정도밖에 안 되니… 미안하네."

김천은 받을 수 없다고 길길이 뛰었지만 김순과 그의 아내는 요지부동이었다. 김천이 주머니를 받아 열어보니 제법 묵직한 엽전 꾸러미가 들어있었다.

김천은 왈칵 눈물을 쏟으며 김순을 얼싸안았다.

"고맙네. 정말 고마워. 형수님. 고맙습니다. 내 이 은혜 잊지 않겠습니다. 정말 고맙습니다."

김순과 그의 부인은 눈물을 흘리며 감격해하는 김천을 위로하며 동구박까지 배웅했다. 두 사람은 가다가 돌아보기를 몇 번이나 거듭했다.

김순과 그의 부인은 두 사람이 사라질 때까지 손을 흔들어 주었다.

김순의 집에서 하룻밤을 묵은 두 사람은 다시 강릉부 역

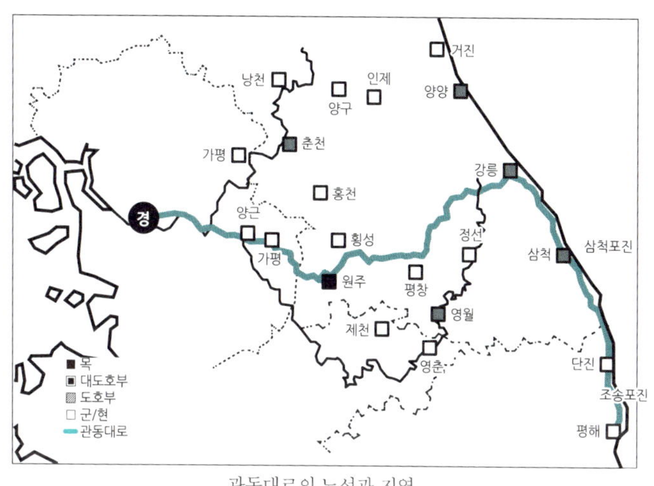

관동대로의 노선과 지역

참을 찾아 진부로 가는 공무 행렬에 끼어들었다.

두 사람은 대관령을 넘어 진부와 봉평, 문막, 양평을 거쳐 임진강을 건너는 관로를 통해 꼬박 열흘 만에 개경에 도착할 수 있었다.

두 사람이 생각보다 빨리 개경에 도착할 수 있었던 것은 역참을 활용했기 때문이었다. 김천이 호장 신분으로 역참을 이용하는 방법을 잘 알고 있었기 때문이었다. 그들은 개경 역참 골목 저잣거리 여관에 짐을 풀었다.

처음으로 수도 개경에 온 김천은 먼저 시장으로 나가 저잣거리를 돌며 원나라와 관련되는 소식을 듣기로 했다. 시장에서 이리저리 오가며 말을 건네는 사람들 사이에서 원나라와 관련되는 소식을 접하기가 쉬울 거라고 판단했기 때문이었다.

저잣거리는 제법 북적거렸다. 가끔 외국인이 보이기도 했는데 그 가운데에는 원나라 관원과 함께 시장통을 돌면서 이것저것 조사하는 사람들도 더러 보이곤 했다.

그럴 때마다 김천은 그들을 따라 시장을 돌며 원나라와 관련된 이야기를 수집하려고 온 신경을 곤두세우곤 했다.

그러는 사이에 한 달여가 훌쩍 지나갔다. 그동안 시장바닥을 돌며 수집한 정보에 의하면, 자기처럼 원나라에 포로로 잡혀간 가족을 찾아오기 위해 많은 사람이 몰려와 원나라 입국을 위한 허가증을 얻으려고 노력한다는 점이었다. 그 과정에서 많은 뇌물이 오가는 정황도 알게 되었다.

그러나 원나라로 입국하기 위한 허가증을 얻는 것은 쉽지 않아 보였다. 많은 사람이 중간에서 원나라 입국허가증을 받아준다는 거간꾼의 장난으로 많은 돈을 잃거나 사기를 당해 좌절하고 있었다.

김천은 거간꾼을 통할 생각은 아예 버려야 했다. 경제적으로 거간꾼을 동원할 만큼 여유가 없었던 게 가장 큰 이유었다.

　그는 마음을 굳게 먹고 비록 시간이 걸리더라도 자신의 신분을 최대한 활용하여 정면으로 문제를 해결하기로 마음먹었다.

　어느 날, 기회를 엿보고 있던 김천은 아침 일찍 관청을 찾았다. 관청 앞에는 이미 여러 사람이 줄을 서서 기다리고 있었다.

　그의 차례가 되자, 보초를 서고 있던 문지기는 두 사람의 신분을 확인하고 안으로 들어가도록 허락했다.

　그는 숨을 한번 크게 들이쉰 다음, 천천히 사무실로 들어섰다. 여름의 끝자락에 들어선 날씨였지만 사무실 안은 바깥보다는 약간 시원했다.

　그가 책임자급으로 보이는 관원에게 다가가자 의자에 앉아 있던 중년 남자가 고개를 들어 그를 바라보았다. 얼핏 봐도 40대 중반은 넘어 보였다.

　그는 김천을 흘깃 보더니 담뱃대를 툭툭 털면서 사무적으로 퉁명스럽게 물었다.

　"무슨 일로 오셨소?"

　김천은 두 손을 모아 허리를 숙이며 공손하게 예를 갖추었다. 그리고 멀리 강원도 명주에서 올라왔다고 말했다.

“강원도 명주溟州에서 왔다고요? 명주? 허어…참. 멀리서 오셨네. 그래… 무슨 일이길래 여기까지 오셨나?”

“아… 예. 저는 강릉부 우계현 호장으로 근무하는 김천이라고 합니다.”

“아… 그래요? 강릉부 소속 아전衙前이시구먼. 무슨… 일인가요? 혹시 공무로 오신 건가요?”

“아… 예. 공무가 아니라 저… 사실은….”

원나라로 가기 위해 입국 허가를 받기 위해 찾아왔다고 조심스럽게 말을 꺼냈다. 중년 관리는 두 사람을 번갈아 보더니 안쪽 사무실로 들어가자고 일어섰다.

김천은 김 서방 아들에게 잠시 기다리라고 눈짓을 한 다음, 중년 관리가 권하는 대로 안쪽으로 들어가 의자에 앉았다. 잠시 후 그가 차 한잔을 들고 왔다.

한가한 사무실에 두 사람이 마주 앉았다. 찻잔에는 김이 모락모락 피어올랐다.

김천은 고개를 돌려 창밖을 바라보았다. 창밖의 느티나무 고목에서는 매미 울음소리가 요란하게 들려왔다.

그가 웃으며 말했다.

“허허… 당신도 그런 사유로 먼 길을 오셨구먼… 허어… 거… 참… 먼 길 온 사람에게 박절하게 말하기도 좀 뭣한데….”

그는 주전자를 들고 차를 따른 잔을 김천에게 밀며 권했다. 김천이 고개를 다시 숙이며 정중하게 잔을 받았다. 입 안에 향긋한 맛이 계속 맴돌았다.

“어려운 일이라고 들었습니다. 잘… 부탁드립니다.”

김천이 잔을 내려놓으며 다시 정중하게 고개를 숙이며 말했다.

“무슨 말인지 잘 알았소. 그러나 아시다시피 조정에서는 백성들이 원나라로 가는 걸 허락하지 않소. 사신이나 조공 일행, 또는 상인의 신분으로 관(官)에서 허락하는 무역 행상이 아니면 국경을 넘는 일은 엄격하게 통제하고 있소. 왜냐하면….”

중년 관원은 김천을 보며 말을 이었다. 부드럽게 하려고 애쓰는 모습이었지만 말의 내용은 단호했다.

당시 원나라 입국은 공식 외교 사절의 경우 조공·책봉 외교 절차에 따라 진행되었다. 그래서 공식적인 외교 절차에 따라 입국하려는 자의 신분 증명과 고려 왕의 허가증 등 엄격한 행정 절차가 필요했다.

외교적 목적으로 원나라에 파견하는 조정의 공식 사절이

많았으므로 반드시 왕의 허가를 받아야 했고, 사전에 먼저 원나라에 사신을 파견하여 원나라 조정에 입국 목적을 설명하고 허락도 받아야 했을 만큼 절차가 까다로웠다.

일반인은 벽란도 등 국제무역항을 통해 제한적으로 허용되었으며 단순한 여행을 목적으로 입국하는 것은 허락되지 않았다. 또 입국을 허락받았다고 하더라도 관직과 신분, 목적 등을 증명하는 문서를 소지해야 했다. 이는 오늘날의 여권과 비자 발행 업무와 유사한 역할을 했다.

입국을 허락받은 자는 출국하기 전에 다시 관련된 관청의 심사와 보안 점검을 거쳐야 했으며, 그 과정에서 도피나 범죄를 목적으로 출국한다는 의심이 들면 곧바로 모든 허가를 취소시켰다.

따라서, 당시 고려 사람이 원나라로 출국하기 위해서는 신분이 확실하게 증명되어야 했고, 공식적 업무를 수행하면 관련 문서, 행정 심사 등 다단계 절차를 거쳐 엄격하게 심사했고 최종적으로는 왕의 허가를 받아야 했다.

전반적인 상황이 이러했기 때문에 대부분 외교적 목적으로 출국이 허용되었고, 일반 백성에게 원나라로 출국이 허용되는 경우는 거의 없었다.

비록 원나라 입국이 허용되어 체류한다고 하더라도 고려

인 신분이 무시당하고 있었으며 감시를 받는 것은 물론 가끔은 인질이 되기도 했다.

그런 경우, 고려인은 원나라의 법률에 따라 아주 불리하게 처리되었다.

그러므로 당시 원나라로 출국하는 것은 단순한 외교적 교류가 아니라, 정치적·사회적 위험과 신분적 제약이 복합적으로 얽혀 있었다.

당시 고려는 이미 오랫동안 몽골의 침입으로 국토는 유린당하였고, 많은 사람이 먹고 살길이 없어 고향을 떠나 이리저리 유랑생활을 하는 등, 사회 전체가 도탄에 빠진 상태였다.

그 틈을 타고 원나라에 붙어 아부하는 사람들의 횡포는 갈수록 심해졌다. 백성들은 생기를 잃었고 패배감에 젖은 저잣거리의 민심은 회복될 기미조차 없었다.

김천은 그런 사회적 분위기를 익히 알고 있었다. 그런 상황에서 조정의 공식 사절이나 공무역 허가를 받은 자가 아니면 원나라로 출국할 수 없는 것도 잘 알고 있었다.

비록 자신이 지방의 향리 신분이라 하더라도 그 방법을 찾기가 그리 쉽지 않은 것도 당연한 일이라고 생각했다.

그러나 그런 상황에서도 저잣거리에서 간간이 들려오는

소식들이 있었다. 조정이 허락하지 않았는데도 몰래 사신 행렬에 끼어들어 원나라로 들어갔다거나, 국경 부근에서 밀입국을 도와주는 사람들의 도움으로 웃돈을 주고 몰래 다녀왔다는 풍문도 들었다.

김천은 며칠 동안 개경의 번화가 뒷골목을 돌며 원나라로 들어갈 방법을 알아내기 위해 귀동냥하고 다녔다. 그렇게 해서 그가 내린 결론은 아예 방법이 없는 건 아니라는 것이었다.

그러나 그 방법이라는 것이 합법적인 것은 거의 없었고 대부분은 무역상으로 가장하거나 국경 부근에서 밀입국을 도와주는 사람들에게 돈을 주고 몰래 다녀오는 것이었다.

그러나 어머니를 만나기 위해서는 시일이 오래 걸릴 것이고 그렇게 오랜 시간 동안 원나라에 체류하기 위해 가장 좋은 방법은 합법적으로 가는 것이었다.

그래야 현지에서 도움을 받을 기회가 많이 생기기 때문이라고 생각했다.

김천은 긴장한 나머지 침을 꿀꺽 삼키면서 귀를 쫑긋 세웠다. 뜰 구석에 서 있는 아름드리 느티나무에서는 매미들의 울음소리가 더욱 크게 들렸다.

그는 김천을 보면서 몸을 옆으로 돌려 창밖을 응시하면서 말을 이었다.

"전란이 끝난 후로 해마다 원나라에 포로로 간 사람을 속량贖良해서 다시 우리나라로 모시고 오려는 사람들이 줄을 잇고 있소. 오늘만 해도 이렇게 이른 시간인데도 벌써 당신이 네 번 째요."

그는 찻잔을 들고 한 모금 마시고는 다시 내려놓았다. 잠시 뜸을 들인 그가 다시 말을 이었다.

"몽골이 여러 해 우리나라를 쳐들어올 때마다 몽골군에게 잡혀간 우리 고려인이 얼마나 많소? 당신도 잘 알 거요. 그래서 그때 붙잡혀간 부모 형제의 소식을 조금이라도 알게 된 사람들은 하나같이 찾아와 출국을 요청한다오."

그가 다시 찻잔을 들고 한숨을 쉬었다.

"그런데 조정에서 일반인의 원나라 입국을 제한하는 이유가 또 있소, 원나라에 입국하려고 하는 사람들 모두 부모 형제를 구해오기 위해 그들이 요구하는 몸값을 가지고 가기 때문이오. 원나라 사람들은 고려의 화폐를 인정하지 않소. 그 대신 은화銀貨를 요구한단 말이오."

그는 말을 잠시 중단하고 김천의 찻잔에 물을 채웠다.

"게다가… 원나라에서 사람을 구해올 때 요구하는 속전

贖錢의 규모가 해를 거듭할수록 많아져서 요즈음에는 백성 대부분은 그걸 거의 감당할만한 수준이 아니라는 게 더 큰 문제요. 어렵게 만주까지 갔다가 가진 돈이 부족해서 되돌아오는 경우가 한둘이 아니라는 거지…."

김천은 등에 땀이 흘러내리는 기분이었다. 단지 후텁지근한 날씨 탓만은 아니었다. 그는 바지에 손바닥을 비벼 땀을 닦았다. 중년 관리는 그를 잠시 보더니 말을 이었다.

"전란이 몇 년 동안 계속되면서 가뜩이나 나라 경제가 이렇게 어려운데 은화까지 원나라로 빠져나가니 그 피해가 해마다 더 심각해지고 있소. 그래서 조정에서도 할 수 없이 은화 반출을 엄격하게 금지하는 거요. 그 방법으로 백성들에게 원나라 입국을 허가하지 않는 거란 말이오."

김천은 입이 바짝 타들어 가는 느낌이었다. 뭐라고 말을 하고 싶은데 할 말이 얼른 떠오르지 않았다. 창밖 느티나무에서 울어대는 매미 소리가 더 크게 느껴졌다.

"나도 고려 사람이오. 내 주변에도 가족이 원나라로 끌려가 고생하는 사람이 한둘이 아니라오. 찾아오는 사람마다 모두 허락해 주면 좋겠지만… 법을 어길 수도 없는 일이잖소…."

그는 목이 말랐는지 컵에 물을 가득 따라 벌컥벌컥 소리를 내면서 마셨다. 김천도 찻잔을 들어 한 모금 마신 다음, 탁자에 찻잔을 내려놓았다.

그의 이야기를 듣는 동안 실망감이 온몸을 짓눌렀다. 그렇다고 해서 이대로 그냥 일어날 수도 없는 일이었다.

그는 천천히 고개를 들고 자신이 개경으로 올라오게 된 이유와 사정을 소상하게 설명하기 시작했다.

중년 관리는 고개를 끄덕이며 그의 설명에 귀를 기울였다. 그런 그가 한순간 갑자기 눈을 크게 뜨고 동작을 멈추고 물었다.

중년 관리는 찻잔을 탁자에 내려놓고 자세를 고치며 김천을 바라보았다. 그는 믿을 수 없다는 표정을 지으며 물었다.

"편지를 받았다고요? 편지?"

김천이 몽골에서 어머니가 보내온 편지를 전해 받았다고 이야기하는 대목에서 그가 깜짝 놀란 것이다. 그것도 무려 잡혀간 지 14년이 흐른 뒤가 아닌가.

김천은 그가 비상한 관심을 보이자 품에 고이 간직하고 있던 어머니의 편지를 꺼내 탁자 위에 펼쳤다.

편지를 읽어 내려가던 중년 관리는 놀라움을 금치 못했다. 김천은 그에게 무릎을 꿇고 엎드려 빌며 모친을 구하러 원나라로 갈 수 있도록 도와달라고 간곡하게 요청했다.

그는 얼른 김천의 소매를 잡아 일으켰다. 그는 소매로 이마에 흐르는 땀을 닦으면서 말했다.

"그대가 모친의 속량을 위해 돈을 얼마를 준비했는지 모르겠으나 아마 그것도 쉬운 일이 아닐 거요. 소문에 의하면, 젊은 장정 한 사람을 빼 오는데 보통 은銀 7,80냥이 든다고 하오. 어떤 이는 100냥도 더 주고 데리고 왔다고 하더이다."

김천은 흐르는 눈물을 주체할 수 없었다. 그는 말을 계속했다.

"나이 많은 당신 모친의 경우라도 아마 4,50냥 이상은 준비해야 할 거요. 게다가 당신 동생도 있다고 하니 준비해야 할 돈이 얼마나 되는지 대충 짐작할 수 있을 거요."

중년 관원은 말을 마치고 김천을 물끄러미 바라보았다. 김천의 얼굴에 실망하는 빛이 역력하여 보이자 그는 책상 앞으로 나와 김천의 어깨를 툭 치며 위로했다.

"여기 온 많은 사람이 잔뜩 기대하고 왔다가 그대처럼 그렇게 실망하고 돌아간다오. 다른 방법을 아마 찾아보는 게 좋을 거요. 어쨌든 내 능력으로는 공식적으로 허가해 줄 방법은 없으니…."

김천은 그의 말을 들으면서 크게 실망했다. 그는 공식적으로는 도와줄 방법이 없다는 중년 관원의 이야기를 듣고 발길을 돌릴 수밖에 없었다.

문밖으로 나오자 또 다른 중년 사내 두 사람이 사무실로 들어갔다. 아마 김천 일행이 나오기를 기다렸던 것 같았다.

김천은 아무리 생각해도 쉽게 생각했던 자신을 탓할 수밖에 없었다. 김천은 숙소로 돌아와 곰곰이 생각에 잠겼다.

충렬왕 3년(1277) 당시 은銀 1근斤은 쌀 50석에 해당했다. 은 1근이 15냥이므로, 45냥이면 은 3근으로 쌀 약 150석에 달한다. 동생의 몸값을 75냥으로 계산하면 쌀 약 250석이나 된다.

원나라에 가서 몸값을 치르다 보니 국내에 비해 높게 책정되었다는 점을 고려하더라도, 당시 원나라에 포로로 갔던 사람들의 몸값이 얼마나 비쌌는지 짐작할 수 있다. 거기에다 원나라로 오가는 경비를 더 하면 천문학적인 숫자였다.

김천은 등에 식은땀이 흘렀다. 그는 마음이 급했다. 이러고 있을 때가 아니었다. 돈을 더 모아야 했다.

실망이 너무 컸지만 다행인 점은 원나라로 입국하는 방법을 다시 마련해야 한다는 점과, 어머니와 동생을 구해오

고려시대 화폐 은병銀瓶

고려의 화폐에 대한 기록이 문헌에 처음 나타나는 것은 『고려사高麗史』 「식화지食貨志」이다.

그에 따르면 996년(성종 15) 음력 4월에 철전鐵錢을 주조했다 하나 널리 통용된 것 같지 않으며, 형태도 알 수 없다.

1097년(숙종 2)에 유문전有文錢을 주조해서 관리들에게 나누어 주는 한편 공설주점公設酒店을 경영하여 주화가 보급되도록 힘썼다고 한다. 그러나 이때도 백성들의 화폐 효용에 대한 인식이 없어 잘 통용되지는 않았다.

1101년(숙종 6)에는 상업과 무역이 활발해짐에 따라 기존 시장에서 사사로이 유통되던 은병을 공식 화폐로 삼기 위해 모든 은병에 표인標印하여 법정 화폐로 유통하는 조치를 취하게 되었다.

은병은 은 1근으로 우리나라의 지형을 본떠 병瓶 형태로 만들었다. 이 때문에 일반에서는 이를 활구闊口라고도 하였다. 그것은 병의 구멍은 작은 것이 보통이나 활구는 위가 넓었기 때문에 그렇게 칭한 것이었다.

기록에 의하면, 은 1근에 해당하는 은병은 은으로만 만든 것이 아니었다. 1근의 은병은 은銀 12냥 반, 동銅 2냥 반으로 총 15냥이었다. 16냥이 1근이었던 것을 고려하면, 고려 조정은 은병 주조를 통해 1냥당 약 3냥 반

의 재정적 수입을 얻은 것으로 보
인다.

제도 시행 이후 은병은 다양한 화
폐적 기능을 수행하였다. 국가에서
개인에 대한 사여의 주요 물품이 되
거나, 각종 재정 수입으로 이어지기
도 했다.

고려시대 화폐 은병銀甁

집을 사고팔 때도 은병이 사용되는 등 교환 수단의 기능을 수행하였
다. 특히 송의 사신 서긍徐兢이 쓴 『고려도경高麗圖經』에 따르면 고려인들
은 시장에서 은병과 포布로 물건을 사고팔며, 잔액은 쌀[米]로 계산하였
다고 한다.

이는 당시 은병이 화폐로서 널리 통용되고 있었음을 잘 보여준다.

중요한 점은, 당시 물가를 표현하는 방식이 은병 유통 이후 달라진 모
습을 보였다는 것이다.

기존에는 곡물과 포布의 교환 비율로 산정되는 물가가 은병과 쌀 혹은
포布의 교환 비율로 계산되었다. 이는 고려시대 물가와 화폐 유통의 기준
이 은병이 되었음을 의미한다.

은병 한 개의 교환 가치는 일정하지 않았다. 그것은 그 당시의 물가 변
화가 반영되었기 때문이었는데, 1132년(인종 10)에는 은병 1사事에 쌀 5
석이었으나, 충렬왕 연간(1274~1308)에는 적게는 15~19석, 많게는 50석
까지 크게 폭등한 적도 있었다.

따라서 백성들보다는 권세가들이 애호하던 화폐였다. 그러나 단가單價가 높고 위조품이 나와서 일반적으로 통용되지 못하였다.

공민왕 대 이후에는 물가를 표시할 때 더는 은병이 기준이 되지 않았는데, 이는 원 간섭기 은의 유출로 은병 제도가 무너졌기 때문이었다.

기 위해서는 구체적으로 어느 정도의 돈이 필요한지 알았다는 것이었다. 그것도 고려 화폐가 아니라 은銀을 준비해야 한다는 것이었다.

그는 이튿날 날이 밝기가 무섭게 짐을 싸서 김 서방 아들과 함께 다시 강릉으로 길을 떠났다.

천근만근 무거운 발걸음이었으나 그래도 한 줄기 빛과도 같은 희망이 생긴 것은 큰 위로가 되었다.

엄마 찾아 3만 리

김천이 개경에서 돌아왔다는 소식이 알려지자 온 동네 사람들이 다시 몰려왔다. 김자룡도 기별받고 그의 부인과 함께 한걸음에 달려왔다.

"어찌 되었는가? 무슨 소식이라도 들은 게 있나?"

김자룡이 마당을 들어서면서 큰소리로 물었다. 마당 구석에 매어 놓은 누렁이가 쉴 새 없이 짖어댔다.

"외할아버지. 어서 오세요."

누렁이 짖어대는 소리가 시끄럽고 마당에 사람들의 웅성거리는 소리가 들리자 방문이 열리면서 김종연과 김천이 황급히 맨발로 뛰쳐나왔다.

두 사람은 김자룡과 그의 부인을 반갑게 맞으며 방안으로 모셨다. 김자룡의 부인은 김천의 얼굴을 만지면서 활짝 웃었다.

마당에 모여든 사람들이 일제히 그들을 따라 툇마루 가까이 모여들었다.

김천의 부인은 부엌에서 미리 마련한 술과 음식을 쟁반에 담아 들고 방으로 날랐다. 몇몇 친척들이 부엌에서 그녀를 도와 부지런히 움직였다.

김천은 김자릉 부부에게 그 사이에 있었던 일을 자세하게 설명했다.

개경에 올라가 원나라로 가기 위해 관리를 만났던 일과 원나라에 포로로 잡혀간 사람들을 데려오는 데 필요한 속전贖錢의 규모, 그리고 현재 돌아가는 상황 등에 대해 자기가 만났던 사람들의 입을 통해 들은 대로 설명해 나갔다.

방안에 모인 사람들은 물론 툇마루 가까이에서 몰려들어 지켜보는 사람들까지 모두 귀를 세워 김천의 이야기를 들었다.

간간이 터져 나오는 한숨 소리와 안타까움에 탄식하는 소리가 담 넘어까지 새어 나왔다.

김천의 집 안팎에서는 사람들이 점점 모여들면서 집안을 기웃거리며 웅성거리는 소리가 점점 커졌다.

"속전이 그렇게나 많이 필요하단 말인가? 아이고…."

김자룡이 곰방대에 다시 불을 붙이며 한숨을 쉬며 탄식했다.

"그러니 당장은 돈을 더 구해야 할 것 같습니다. 지금 준비한 것으로는 어림도 없으니… 후유…."

김종연이 한숨을 내쉬었다가 김자룡과 그의 부인을 보며 다시 말을 이었다. 그의 눈빛이 간절했다.

"이 일을 어떻게 하면 좋을지 빙장 어른께서 돈을 마련할 좋은 방도라도 있으시면… 좀…."

"방도라는 게 뭐 특별한 게 있나? 가진 재산을 전부 팔아서라도 돈을 마련하는 수밖에 없지. 그런데 경기가 이렇게나 안 좋으니 땅을 내놔도 당장 사겠다는 사람이 있어야 말이지…."

김자룡이 곰방대를 재떨이에 털어가며 길게 한숨을 내쉬었다.

"그렇다고 이렇게 넋 놓고 있을 수는 없지 않습니까?"

김천이 앞으로 나서며 말했다.

"지금부터 수단과 방법을 가리지 말고 속전을 마련해서 하루라도 빨리 어머니와 동생을 구해와야 합니다. 외할아버지께서 좀 도와주십시오. 저와 아버지는 사방으로… 어떻게 하든지 해보겠습니다."

“알았다. 뭐든지 해봐야지. 김 서방. 자네도 해장이 말대로 할 수 있는 데까지 해보게. 나도 뭔가 방도를 취해야겠네.”

김종연의 가족과 김자릉 부부는 오래도록 모여앉아 술잔을 기울이며 대책을 의논했다.

모여든 마을 사람들이 하나둘 빠져나가면서 김천의 집은 다시 고요함을 되찾았다.

오후 늦게서야 김자릉과 그의 부인은 자리에서 일어났다.

김천은 외할아버지 부부를 마을 입구까지 배웅했다. 마을 입구 당나무에 이르자 김자릉은 김천에게 그만 들어가라고 등을 밀었다.

김천은 당나무 아래 서낭당 담벼락에 몸을 기대고 서서 김자릉 부부가 사라질 때까지 지켜보았다.

서낭당 문 앞에는 여러 부적이 붙어져 있었다. 평소에도 마을을 드나들 때 늘 그랬듯이 김천은 서낭당 앞에 서서 두 손을 가슴에 모으고 절을 했다.

계절은 벌써 늦가을로 접어들었다. 당나무에 무성했던 잎사귀는 빛이 바래기 시작했고 나무 아래에는 여기저기 떨어진 낙엽이 듬성듬성 바람에 날렸다.

그날부터 김천과 그의 가족은 어머니의 몸값을 마련하기 위해 동분서주했다. 온갖 허드렛일도 마다하지 않고 닥치는 대로 일하면서 돈을 모으기 시작했다.

시간은 빠르게 흘렀다. 계절이 여러 번 바뀌도록 김천과 그의 가족들 상황은 달라진 것이 없었다.

돈이 되는 일이라면 무엇이든 가리지 않았다. 얼마 되지도 않는 토지는 매물로 내놓았지만, 계절이 몇 번이나 바뀌도록 사겠다는 사람이 나타나지 않았다.

전란으로 나라 경제가 무너진 마당에 거금을 들여 농사를 지을 땅을 사겠다고 선뜻 나설 정도로 여유를 가진 사람이 있을 리가 없었다.

그렇게 속절없이 시간이 흘렀다. 마을 사람들 사이에서도 화제가 되었던 어머니 속환 문제도 서서히 사람들 사이에 오가는 대화 속에서 사라져가고 있었다.

김천과 가족들은 부디 어머니와 동생이 무사히 살아있기를 빌고 또 빌었다. 그것 외에는 할 수 있는 게 없었기 때문이었다.

어느 날 반가운 소식이 들려왔다. 옥계 장날에 갔다가 사람들이 수군거리는 말을 들었다면서 마을 사람들이 전한 내용이었다. 왕이 곧 원나라로 입조入朝한다는 소식이 풍문으로 전해진 것이다.

김천이 개경으로 갔다가 입국을 거절당하고 그냥 돌아온 지 어느덧 4년이나 지난 때였다.

그동안 김천과 김자릉 두 집안에서는 어머니와 동생을 구해오기 위한 속전을 마련하기 위해 백방으로 뛰면서 궂은일을 마다하지 않고 그야말로 닥치는 대로 돈을 모으고 있었다. 돈이 되는 일이라면 뭐든지 가리지 않고 일을 했다.

김천은 이 같은 소식을 듣자마자 부친 김종연에게 사실을 알렸다. 김종연은 즉시 사람을 보내 장인 김자릉에게 이 소식을 전하고 긴히 상의할 일이 있으니 좀 다녀가시라고 전했다.

사위가 보낸 사람에게 소식을 전해 들은 김자릉 부부는 한걸음에 달려왔다.

해가 저물어 가는 시각에 마당과 집안에 불을 환하게 밝혀지면서 친척들이 다시 몰려들었다. 사람들은 방과 마루에 빼곡하게 둘러앉았다.

마을 사람들도 이 소식을 듣고 궁금해하며 담벼락에 기대어 힐끗힐끗 집안을 들여다보고 있었다.

사람들이 모여들면서 시끌벅적해지자 김천이 일어나 자

리를 정리했다. 사람들의 웅성거리는 소리가 잦아들자 그는 자신이 들은 소문과 몇 가지 확인한 내용을 보태서 마을 사람들과 친척들 앞에서 설명해 나갔다.

고려 왕이 원나라에 입조하기 위해 준비하고 있다는 소식과 이번 기회야말로 자신이 어머니를 구하기 위해 원나라로 입국하기 위한 좋은 기회라는 것이 주 내용이었다.

그는 어머니의 속량을 위해 준비한 몸값이 어느 정도 준비는 되었지만, 원나라로 오가는 부대비용까지 고려하면 아직도 더 많은 돈을 벌어야 한다고 솔직하게 고백했다.

그런데 문제는 원나라로 입국하기 위해 하도 세월을 기다릴 수 없는 일이고 보니 지금 이때를 놓치면 언제 이런 기회가 올지 모르겠다는 말로 설명을 마쳤다.

모여든 친척과 마을 사람들은 그의 설명이 끝나자 한편으로는 탄식하고 또 한편으로는 위로와 격려의 말을 아끼지 않았다.

골똘하게 생각에 잠겨 있던 김자룽이 곰방대에 불을 붙이면서 말했다.

"그래. 우리 왕이 원나라로 입조한다고 하니 우리로서는 이보다 더 좋은 기회는 없구나. 우야든동('무슨 방법을 동원해서라도'라는 뜻의 강원도 동해안 지방 사투리) 이 기회를 잘 살려야 할기야.”

“그래서 어떻게 하면 좋은지 의논하기 위해서 이렇게 모셨습니다. 번거롭게 해서 죄송합니다만….”

김종연이 일어나며 장인어른을 향해 허리를 굽히며 말했다. 그의 얼굴에는 미안함이 묻어나왔다. 김자룽은 손을 들어 괜찮다는 몸짓을 하며 다시 곰방대를 툭툭 두어 번 털었다.

“번거롭기는 뭘…. 이보다 더 반가운 소식이 어데 있다고…. 그건 그렇고 그래… 모은 돈은 얼마나 되는가? 아직도 더 모아야 하지?”

김자룽이 자신 없어 하며 말했다. 김종연은 잠시 눈을 아래로 깔고 우물쭈물했다. 김천이 잠시 부친의 안색을 살피다가 얼른 끼어들었다.

“예. 외할아버지. 그동안 모으기는 제법 모았습니다. 그런데 이것저것 따지다 보니 넉넉하지 않습니다. 모아놓은 돈에다 오가는 경비를 최소한으로 잡는다 해도 7, 80냥은 족히 더 모아야 합니다. 그런데 시간이 너무 촉박해서… 저희도 어떻게 해야 좋을지 잘 모르겠습니다.”

누군가 ‘아이고…. 7,80냥이나 더…’하며 한숨을 쉬자, 모여든 사람들이 서로 얼굴을 바라보며 탄식했다.

“그래. 네 말이 맞다. 그러면… 너는 어떻게 할 생각이냐?”

“네. 우선 있는 대로 모두 긁어모아 일단 먼저 개경으로 올라가 봐야 할 것 같습니다. 여기에 있으면 소식도 알 수 없고… 소식을 듣는다 해도 개경까지 올라가다가 기회를 놓칠 수도 있으니…. 일단 친척 어르신들께서 십시일반 좀 더 모아주시면 고맙겠습니다. 나중에 이자까지 쳐서 꼭 갚겠습니다.”

김천이 주위를 돌아보며 비장한 모습으로 말했다. 방안은 물론 마당에 멍석을 깔고 앉았던 사람들이 일제히 서로서로 번갈아 보며 웅성거리기 시작했다.

잠시 어수선한 분위기가 이어졌다.

“김 서방 생각은 어떤가?”

김자릉이 사위이자 김천의 부친 김종연에게 물었다. 김종연이 얼른 자세를 고쳐 앉으며 대답했다.

“예. 빙장어른. 해장이가 하는 말이 일리가 있는 것 같습니다. 당장 있는 대로 다 긁어모으고 주변에 빌릴 수 있는 곳에서는 빌리고… 해서 빨리 개경으로 올라가 무슨 수를 써서라도 원나라에 입국하는 것밖에는 방법이 없을 듯합니다. 그러니….”

"알았네. 그리하세."

김자릉은 그의 말이 채 끝나기도 전에 결론을 내렸다.

"앞으로 열흘 정도 말미를 두도록 하세. 열흘 동안 할 수 있는 데까지 돈을 모아 보세. 열흘 후에 여기 다시 모일 것이야. 열흘 후면 스무이렛날일세. 스무이렛날… 마카('모두'라는 뜻의 강원도 동해안 지방 사투리) 알겠는가?"

김종연이 일어나 주변을 돌아보며 말했다.

"오늘 여기 오신 분들 모두 고맙소. 모두 이렇듯 관심을 보여주니 뭐라고 말씀을 드려야 좋을지 모르겠소. 부디 마지막까지 도와주시오. 이 은공은 절대로 잊지 않을 것이오."

그는 소매로 흐르는 눈물을 훔쳤다. 말을 채 마치기도 전에 그는 흐느끼고 있었다. 김천이 그에게 다가가 포옹했다. 그도 아들을 안고 힘을 주었다.

마당을 가득 메운 사람들이 썰물 빠지듯 빠져나갔다. 좁은 골목길에 사람들이 몰리면서 개 짖는 소리로 마을이 시끌벅적해졌다. 보름달이 떠 있어서 골목길은 대낮처럼 밝았다.

김천은 마을 사람들이 빠져나가자 몇몇 젊은이들과 함께 마당을 깔았던 멍석들을 대충 정리하고 다시 마루로 들어

왔다.

남은 친척들은 김자룽과 김종연을 중심으로 둘러앉아 밤이 늦도록 대책을 마련하느라 갑론을박했다. 모임은 축시丑時(오전 1시부터 3시까지)가 넘어 겨우 끝났다.

그럭저럭 약속했던 열흘이 훌쩍 지나갔다. 그 사이에 여러 친척이 십시일반 모은 돈을 들고 김천의 본가로 찾아왔다.

몽골과의 전란이 시작된 이미 20여 년이나 지난 시점이었지만, 몽골의 간섭이 갈수록 엄중해져서 백성들의 삶까지도 점점 피폐해져 갔다.

강화도로 피신한 무신정권은 육지에서 고통을 당하는 백성들의 일에는 아예 손을 쓸 수 없었다.

몽골군은 육지 대부분을 수시로 짓밟으면서 가는 곳마다 닥치는 대로 노략질하고 사람들을 포로로 잡아갔다.

청장년은 말할 것도 없고 부녀자들과 어린아이들까지 닥치는 대로 포로로 잡아 압록강을 건넜다.

몽골의 침략은 갈수록 인간을 사냥하는 형태를 띠었다. 왜냐하면, 가족 관계를 중시하는 고려 사람들은 대부분 포로로 잡혀간 혈육을 데리고 가려고 찾아왔다.

몽골 사람들은 이들에게 몸값을 받고 보내주었다. 그야
말로 인신매매 현장이나 다름이 없었다.

게다가 해마다 징발하는 공물貢物에다 지역의 특산물까
지 공출하는 바람에 사람들은 살기 어려워져 고향을 등지
는 사람이 갈수록 늘어나고 있는 것도 심각한 사회문제로
대두되었다.

고향을 등진 사람들 가운데는 깊은 산속으로 들어가 화
전火田으로 겨우 살아가는 사람들도 있었다. 이들은 정말
선량하기 그지없는 부류들이었다. 사람들에게 공포와 원망
의 대상이 되는 사람들은 도적 떼 무리로 변신한 사람들이
었다.

이들은 대부분 좀도둑으로 남의 물건을 강제로 빼앗고
훔치는 단순한 행각도 있었지만, 사람들이 두려워한 부류
는 험준한 산으로 들어가 산채山寨를 만들어 소굴로 삼고 가
끔 무리를 지어 마을에 나타나 노략질을 일삼곤 했다.

이들은 우두머리부터 말단까지 서열을 만들어 제법 지휘
체계를 갖춘 무리였다.

이들은 장날이 되면 고갯마루에 숨어 있다가 장사꾼들을
덮치거나 심지어는 사람을 해치는 일까지 서슴지 않았다.
이런 일들이 비일비재하므로 어지간한 물건을 빼앗는 일

정도는 이제 별로 소문 거리가 되지 못할 정도였다.

관官에서도 익히 잘 알고 있었지만, 이들을 소탕하려고 병력을 동원할 정도까지는 미치지 못하는 것이 현실이었다.

나라 상황이 이러하니 우계현 일대라고 다른 지역과 다를 수 없었다.

현내리 사람들과 김자릉이 사는 금진 포구 일대도 사람들의 생활이 피폐하기는 마찬가지였다. 그나마 두 집안 모두 대대로 향리로 지내면서 고을 사람들에게 인심을 잃지 않은 것은 다행이었다.

사람들은 어려운 상황에서도 십시일반 돈을 모으고 물건을 내다 팔아 조금씩 보탰다. 그렇게 해서 어렵게 돈이 모이긴 했지만, 부족한 것을 채우기에는 시간이 많이 필요해 보였다.

김천은 비록 마련한 돈은 충분하지는 않았지만 서둘러야겠다고 생각했다.

며칠을 더 기다리면 돈이 약간이라도 더 모일 것 같았지만 이대로 미냥 기다리고 있다가는 원나라로 갈 기회가 영영 사라질지도 모른다고 생각하니 마음이 몹시 급해졌다.

그는 서둘러 행장을 꾸려 부친 김종연과 외조부 김자릉에게 인사드리고 개경으로 출발했다.

마을을 떠날 때, 현내리 사람들은 너나 할 것 없이 서낭당까지 나와서 길을 떠나는 김천을 배웅했다. 이번에는 혼자 떠나는 길이었다.

그는 향리 신분을 최대한 활용하여 출발하기 전에 미리 연락한대로 강릉부 역참의 파발 도움을 받아 우계현을 떠나 강릉부로 향했다.

그는 강릉부에서 하루를 묵고 곧바로 대관령을 올라 진부, 봉평을 거쳐 개경으로 향했다. 이번에는 고향 친구 김순을 일부러 찾지 않고 강릉부 장마당 여관에서 하루를 묵었다.

김순을 만나면 지난 번처럼 또 폐를 끼칠 것이 틀림없다는 생각이 들었기 때문이었다.

그는 우계현을 떠난 지 여드레 만에 겨우 개경에 도착할 수 있었다. 예상보다 훨씬 빠르게 도착한 것이다.

그는 다시 예전에 찾아갔던 관아를 다시 찾았다. 관아 마당에는 사람들이 빼곡하게 들어차 있었다. 그는 얼른 줄을 선 사람의 뒤로 서서 차례를 기다리면서 주위를 돌아보았다.

삼삼오오 둘러앉아 서로 정보를 교환하는 사람이 있는가 하면, 거간꾼으로 보이는 사람이 여러 사람을 모아놓고 뭔가 손짓과 발짓을 해가며 부지런히 설명하는 모습도 보였다.

그는 이미 4년 전에 이곳에서 출국과 관련된 업무 경험이 있었으므로 상황을 대충 짐작할 수 있었다.

마침내 그의 차례가 돌아오자 그는 문을 열고 안으로 들어갔다. 그 사이에 사무를 보던 관리는 다른 사람으로 바뀌어 있었다.

관리는 몹시 피곤한 듯 일어나 기지개를 한번 켜더니 줄을 선 사람들을 한 번 주욱 훑어보고 자리에 앉았다.

그는 김천을 힐끗 보고는 무슨 일로 왔느냐고 심드렁한 표정으로 물었다.

김천은 공손한 자세로 강릉부 우계현의 향리라는 자신의 신분을 말하고 찾아온 사정을 설명하고, 이번에 심양으로 간다는 왕의 행차 행렬에 끼어 출국할 수 있도록 허가받기 위해 찾아왔노라고 말했다.

말을 마친 그는 허리를 숙여 간곡하게 도와달라고 요청했다.

그러나 관원은 그의 말이 채 끝나기도 전에 불가한 일이라고 대답했다. 김천이 재차 간곡하게 부탁해도 그의 태도는 완강했다.

김천은 4년 전에 이곳에서 전임 관리와 상담을 한 적이 있는 사이라고 말했다. 그는 정중하게 혹시 전임자를 만날 수 있는지도 물었지만, 그는 고개를 돌려 다음 사람을 불렀다.

보기 좋게 거절당하고 밖으로 나온 김천은 마당 주위를 둘러보았다. 자기처럼 보기 좋게 거절당한 사람들이 여기저기 모여 관원을 성토하는 사람들도 보였다.

김천을 지켜보던 거간꾼이 재빨리 달라붙어 그에게 좋은 방법을 알선하겠다고 제안했다.

김천은 거간꾼에게 짜증을 내고 장마당으로 향했다. 거간꾼이 계속 따라오며 대화를 시도했지만, 그는 지금 그럴 기분이 아니었다.

골목을 돌아 시장통이 보이는 길로 접어들자, 멀리 송악산이 한눈에 들어왔다. 하늘이 잔뜩 흐려 있어 금방 비라도 쏟아질 것 같았다.

그는 우선 묵을만한 숙소를 먼저 구하기로 했다. 일단 숙소를 정한 다음에 뭔가 앞날을 곰곰이 생각하기로 작정한 것이다.

그는 무거운 발걸음을 옮겨 터벅터벅 시장통 주막거리로 들어섰다. 서서히 장마당에 어둠이 내리면서 불을 밝히는 집들이 늘어났다.

그는 숙소가 있는 작은 주막을 찾아 방을 정하고 국밥을 시켜 먹고 허기를 채웠다.

밥상을 물리고 나자 잠이 쏟아졌다. 하루 종일 제대로 먹지도 못한데다가 긴장이 풀린 나머지 자리에 눕자마자 금방 잠이 들었다. 그는 이튿날 아침까지 단 한 번도 깨지 않고 깊은 잠이 들었다.

눈을 뜨자 누운 자세로 허리에 차고 있는 전대를 확인하고 아무 이상한 점이 없는 걸 확인한 그는 안도했다. 그는 전대를 다시 여미고는 곧장 밖으로 나왔다.

그는 장마당을 한 바퀴 돌아 숙소가 있는 주막으로 돌아와 느티나무 아래에 펴놓은 평상에 앉았다.

몇몇 사람들이 여기저기 평상에 걸터앉아 곰방대를 물고 있었다.

그는 혼자 골똘하게 생각에 잠겼다. 어떻게 할 것인가? 여기서 다시 고향으로 내려가기는 싫었다. 고향으로 내려간다 해도 다시 올라올 때를 알기가 요원할 거라는 생각이 들었다.

그럴 바에는 차라리 시간이 얼마나 걸리든 간에 개경에 눌러앉아 기회를 엿보는 것이 낫다고 생각했다.

혹시나 하는 마음이 있기도 했지만 당장은 고향까지 천리 먼 길을 다시 오르내리기에는 돈과 마음의 여유가 없기도 했다.

이미 4년 전에 한 번 겪은 경험이 있었으므로 그런 결정을 하는 데는 시간이 별로 걸리지 않았다.

그는 다시 고향으로 내려가지 않고 개경에 머물면서 기회를 엿보기로 마음먹었다.

그는 관청 부근을 매일 오가면서 왕이 심양으로 들어가는 정보와 관련한 내용을 수집했다. 그는 할 수 있는 데까지 최선을 다해 무슨 방법을 써서라도 입국 허가를 받을 요량이었다.

그러는 사이에 시간은 속절없이 흘러갔다. 옷은 군데군데 해지고 먹을 것은 점점 떨어져 갔다.

그는 시간이 흐를수록 마음이 불안해졌다. 급히 상경한 데다가 개경에 오래 머물 생각을 하지 않았기 때문에 마음만 다급해져 갔다.

그렇다고 어머니 몸값의 일부로 마련한 돈을 쓰고 싶지는 않았다. 오히려 그는 마음을 고쳐먹고 돈을 벌어가며 기회를 엿보기로 했다.

그는 자신이 향리로 근무했기 때문에 관료들의 행태를

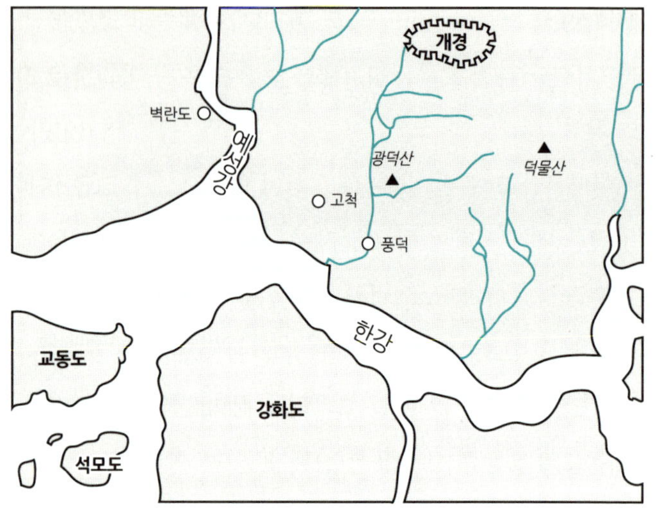

익히 알고 있었다. 그리고 관아의 일과 관련하여 약간의 돈을 벌 수 있는 일들이 있다는 것을 알고 있었다.

그는 우선 관청의 보초를 맡은 자들의 중간관리자를 만나야 했다.

그가 며칠을 관청과 장마당을 돌며 수소문한 끝에 마침내 담당자를 알아내는 데에 성공했다. 그는 우연을 가장하여 담당자를 만날 수 있었다.

담당자는 처음에는 그를 경계하는 눈치였으나 그가 강릉부 우계현의 호장이라는 신분을 밝히자, 경계를 풀고 관심을 보였다.

마침내 그는 담당자와 장마당에서 술잔을 기울이는 사이로 발전할 수 있었다. 그리고 담당자는 그와 친해지면서 그가 어머니를 속량하기 위해 우계현의 향리 신분을 마다하고 개경으로 올라온 사실에 감동했다.

김천은 그의 소개로 관청의 파발 사무는 물론 그 담당자의 일까지 도와주는 사이로 발전했다. 그 바람에 김천은 돈을 소비하지 않고 오히려 조금씩 더 모을 수 있게 되었다.

그러나 왕의 심양 방문 행렬에 참여하는 것까지는 성사시킬 수 없었다. 방문자 명단이 오를 수 있는 신분이 될 수도 없었거니와 담당자마저도 그런 데까지 도와줄 수는 없었다.

김천은 무척 실망했지만, 할 수 없는 일이었다. 그는 체념하는 대신 돈 버는 일에 최선을 다하기로 했다.

그는 매일 장마당을 돌며 원나라와 관련되는 소식이라면 무엇이든 귀동냥하며 다녔다.

특히, 혹시라도 원나라에 잡혀간 가족을 속량시켜 모시고 온 자가 있다고 하면 그 사람들을 만나러 다니기도 했다.

그렇게 지내는 동안 속절없이 시간이 흘렀다.

그 후로 두 번의 봄이 더 지나간 어느 날 오후였다. 그날도 김천은 개경의 저잣거리 주막집에서 여느 때처럼 국밥을 시켜 먹고 있었다.

저잣거리에서는 여러 이야기가 많이 떠돌기 때문에 혹시라도 원나라와 관련된 소문을 들을 수 있을까 하는 기대를 품고 있었다. 재수가 좋으면 그보다 더 좋은 소식이라도 들을 수 있었다.

그날도 시장기가 있어 조금 일찍 단골 주막에 들러 국밥을 시켜놓고 기다리던 참이었다.

그런데 탁발托鉢하는 승려가 주막집 여인의 안내로 김천이 앉아 있는 평상에 자리를 잡더니 국밥을 시켰다.

김천이 숟가락을 들면서 그에게 말을 걸었다.

"스님. 요즘 세상 돌아가는 게 좀 어떤가요?"

김천의 뜬금없는 물음에 스님은 숟가락을 들다 말고 그를 쳐다보았다. 김천은 밥그릇을 들고 스님 밥상 앞으로 옮겨 앉으며 물었다.

"스님은 사방으로 탁발하러 다니시니 여러 사정에 좀 밝을 게 아니겠습니까? 혹시 원나라로 가는 사람들 이야기는 없습니까?"

한 숟가락 가득 담고 입으로 가져가던 스님이 숟가락을

도로 내려놓으면서 그를 쳐다보았다.

"어디서 오셨소? 말투를 보니 영동지방 사람인 것 같소만…."

김천이 깜짝 놀라 서로 이야기를 나누어 보니 스님도 강릉부가 고향인 사람이었다.

스님은 자신이 강릉부 사람으로 법명이 '효연孝緣'이라고 밝혔다. 김천은 너무 반가운 마음에 효연 스님의 손을 덥석 잡았다.

점심때가 되어 몰려드는 사람들에게 국밥을 나르던 주모가 지나가면서 웃었다. 주위 사람들도 신기한 듯 두 사람을 힐끗힐끗 쳐다보았다.

김천은 그동안 자신에게 일어났던 사정을 이야기하며 효연에게 도와줄 방도가 있으면 좀 알려달라고 사정했다. 효연이 말했다.

"오호라. 그런 사연이 있었구려. 참 대단한 인연입니다. 그려. 내 형님이 천호千戸 관직에 있소. 형님이 이번에 마침 원나라의 서울 동경에 가게 되었으니 그를 따라가면 되겠구려. 내가 형님에게 부탁해 보리다."

"아이고. 고맙습니다. 그렇게만 해주시면 그 은혜를 절대 잊지 않겠습니다."

김천이 감격하여 효연의 손을 잡았다.

은혜라니요. 허허… 모두 다 부처님의 뜻이 아니겠소. 나무아미타불.”

“형님은 언제 원나라로 떠난답니까?”

“글쎄…. 아마 곧 떠날 때가 됐을 거래요. 우선 밥 공양부터 하고 같이 일어섭시다. 형님을 만나야 알 수 있소.”

효연은 다시 숟가락을 들며 미소를 지었다. 김천은 이게 꿈인가 싶었다. 뜻밖에도 이곳 개경에서 고향 사람을 만나 그의 도움을 받을 수 있을 것 같은 느낌에 흥분되었다.

김천은 고개를 들어 하늘을 바라보았다. 느티나무 잎사귀 사이로 보이는 쪽빛 하늘이 눈부시게 아름다웠다.

원나라는 점령지의 피지배층을 군호軍戶와 민호民戶 등 직역에 따라 여러 무리로 나누어 관할하였다.

북방의 유목 민족들은 사람이 사는 집을 공통적으로 십진법 단위에 따라 편제하였는데, 이 가운데 만호萬戶·천호千戶·백호百戶 등은 군대의 단위이면서 동시에 군호를 관할하는 단위이기도 하였다.

따라서 천호는 1,000명의 군사를 낼 수 있는 군호軍戶 집단을 다스리는 직책이자, 1,000명의 군사를 통솔하는 군직

軍職이었다. 천호는 일반적으로 고려 국왕의 천거에 따라 원나라 황제가 임명하였던 것으로 보인다.

효연은 김천을 데리고 형을 만나러 갔다. 그의 형은 효연이 찾아오자 반갑게 맞았다.

효연이 형에게 김천을 소개하면서 만나게 된 경위와 형을 만나러 오게 된 사정을 이야기했다.

"반갑소. 효지孝至라 하오."

효지가 손을 내밀어 악수를 청했다. 김천은 자신이 개경에 오게 된 과정에 대해 자세하게 설명하고 도와줄 것을 간청했다.

그의 이야기를 들으며 딱한 처지를 이해한 효지가 김천에게 말했다.

"당신 어머니가 편지를 보낸 지 벌써 여러 해가 지났는데, 만약 그 사이에 돌아가셨으면 헛걸음이 되는 게 아닌가? 또 가다가 길에서 도적을 만나기라도 하면 헛되이 몸을 버리고 재물을 잃을까 두렵네."

효지가 걱정스러운 눈으로 그를 보며 말했다. 김천은 마음이 조급하여 그의 소매를 잡고 간청했다.

"원나라로 갈 수 있도록 도와만 주십시오. 제가 가서 비록 어머니를 만나지 못한다고 하더라도 어찌 목숨을 아까워하겠습니까? 어머니가 돌아가셨으면 시신이라도 수습하여 돌아올 것입니다. 어찌 어머니를 만리타향에 두겠습니까. 어머니를 찾으러 가는데 목숨과 몸뚱이를 어찌 아끼겠습니까. 제발 부탁이니 저를 데리고 가 주십시오.”

김천이 바닥에 꿇어앉아 눈물을 흘리며 머리를 연거푸 조아렸다. 그의 행동을 지켜보던 효지가 그를 잡아 일으켰다.

“젊은 사람이 효자시네. 효자야. 감동이오.”

어머니와 동생을 구하겠다는 그의 각오가 대단하다는 것을 확인한 효지는 흔쾌히 승낙했다.

마침내 김천은 원나라로 가는 효지의 일행을 따라 동경으로 떠날 수 있었다.

개경을 떠난 김천은 효지의 일행을 따라 대동강과 압록강을 건너 원나라의 수도 동경으로 들어갔다. 거의 달포 남짓한 날짜가 지났다.

가는 도중의 곳곳에서 검문을 받았으나 공무로 원나라로 들어가는 일행이었으므로 아무런 제지도 받지 않고 무사히 통과할 수 있었다. 그리고 산적 떼나 노상강도 등의 습격을 피할 수 있어서 안심할 수 있었다.

도중에 먹고 자는 비용과 압록강을 건너는 뱃삯을 부담

해야 했으므로 제법 돈이 들었지만, 효지의 배려로 그 부담을 많이 줄일 수 있었다.

김천은 시간이 흐를수록 빨리 어머니를 찾아야 하겠다는 조바심에 불안한 마음이 일었다.

원나라 동경東京이란 요동 지방의 요양遼陽으로 원나라 때 고려인이 많이 모여 살았다. 동경은 개경에 비해 사람이 많이 붐비는 큰 도시였다.

그러나 개경과 비교하면 오가는 사람들 가운데 여러 나라 사람이 섞여 있어서 이국적인 풍경이 생경스러웠다.

오랑캐의 나라라고 업신여기면서 이곳 동경까지는 왔지만 처음 와보는 이국땅인 데다가 개경과는 비교할 수 없을 정도로 도시 규모가 크다는 점에 김천은 많이 놀랐다.

김천을 동경까지 안내했던 효지는 그를 숙소에 남기고 통역할 사람을 구해오겠다고 나갔다.

효지는 김천이 빨리 이곳에서 그의 어머니가 있는 곳을 찾기 위해서는 몽골어가 유창한 고려인 통역관이 필요하다고 판단했다.

효지는 숙소를 나가면서 김천에게 통역관을 소개하기 전에 그에게 몇 가지 주의할 점을 당부했다.

날이 어두워지기 시작할 즈음에 효지는 현지에서 관리를

통하여 몽골어를 구사하는 통역관을 데리고 왔다. 고려인 통역관으로 역어별장譯語別將이라는 관직에 있는 공명公明이라는 사람이었다.

효지는 김천을 자기 옆에 앉히면서 그가 데리고 온 사람을 보며 말했다.

"인사를 나누시게. 우리 부대 소속으로 있는 고려인 통역관일세. 자네 모친과 동생이 있는 곳으로 안내해 드릴 것이야."

"공명公明이라 하오. 천호께 말씀을 들었소. 대단하시오. 그렇게 시간이 많이 흘렀는데 이렇게 잊지 않고 가족을 찾아 여기까지 오다니…. 모친과 동생을 찾을 때까지 힘껏 도와드리겠소."

"고맙습니다. 고맙습니다."

김천은 눈물을 흘리면서 일어나 효지와 공명에게 번갈아가며 큰절로 고맙다는 인사를 했다.

개경을 떠나 이곳까지 오는 동안 자신의 이야기를 모두 들어주고 계속 걱정하지 말라고 다독이던 사람이었다. 불안한 마음이 들 때마다 원나라 수도 동경의 상황을 잘 알고 있는 효지의 설명을 들으면서 마음을 다잡아 왔던 그였다.

"그러면 나도 가야 할 길이 멀어서 할 수 없이 여기서 작별을 고해야겠소. 부디 몸조심하시고 어머니와 동생을 구해 돌아가길 바라겠소. 그리고 역어별장께도 잘 부탁드립니다.”

효지는 자리에서 일어나 두 사람에게 작별 인사를 했다. 김천은 고맙고 미안한 마음에 보따리를 가지고 와서 노잣돈 일부를 꺼내 효지에게 건넸다. 효지가 아연실색했다.

“이 돈이 어떤 돈인데 나를 준다는 말이오? 내가 어떻게 받을 수 있겠소?”

“그래도 어떻게… 이 고마움을…. 얼마 되지는 않지만 그래도….”

“아니오. 아니 되오. 절대로 받을 수 없소.”

효지는 깜짝 놀라 김천이 건네는 돈주머니를 도로 김천의 주머니에 집어넣고는 뒤로 물러나며 손사래를 쳤다. 효지는 극구 사양하면서 끝까지 받지 않았다.

김천이 몹시 미안해하자, 효지는 괜찮다며 그의 등을 두드렸다. 그러고는 그에게 꼭 어머니를 찾아 고향으로 돌아가라고 격려하면서 일행과 함께 다시 자신의 근무지로 가던 길을 재촉했다.

김천은 다시 한번 같은 고려인으로서 끈끈한 정을 느끼며 깊이 감동하였다.

효지와 헤어진 김천은 공명과 함께 숙소로 돌아왔다. 김천은 공명에게 자신의 사연을 자세하게 설명한 다음, 전해 받은 편지를 보여주었다.

그는 편지에 적힌 대로 어머니께서 현재 북주北州의 천로채天老寨라는 곳에 계시니 그곳으로 안내해 달라고 간곡하게 요청했다.

북주는 원래 발해 15부의 하나인 동평부東平府에 속한 5개 주의 하나로, 발해 당시에는 비주比州라 했다.

정확한 위치는 알 수 없으나, 동평부는 말갈 지역인 무단강牡丹江 중하류 지역에 있었으며, 그 중심지는 러시아 연해주와 접경을 이루는 헤이룽장성黑龍江省 미산현密山縣의 싱카이호興凱湖 지방과 후란강呼蘭江 이란현依蘭縣 일대라고 알려져 있다. 지금의 만주 동북방 지역이다.

채寨는 오늘날 중국의 전역에서 찾아볼 수 있는 마을 단위를 일컫는 말이다. 주로 동족이나 부족이 한데 모여 공동체를 이루면서 외적의 침입을 대비하여 험준한 지형을 이용하거나 강을 끼고 있는 구릉지를 이용하여 돌과 흙으로 사방을 성벽으로 만들고 가운데에는 주민들이 거주하는 민가로 구성되어 있다. 대체로 외부로부터의 침입을 막아내기 유리한 요새 형식으로 조성된 것이 특징이다.

김씨 부인이 종살이한 곳으로 추정되는 천로채는 만주 동북 지역을 흘러내리는 무단강 언저리의 구릉지에 형성된 마을로 추정된다.

무단강은 중국 동북부를 흐르는 송화강松花江의 최대 지류로, 지린성吉林省 무단령牧丹嶺에서 발원해 헤이룽장성 무단장시牧丹江市를 거쳐 하얼빈哈爾賓 이란현에서 송화강에 합류한다.

통상 채寨로 불리는 마을은 나무로 지은 전통미가 넘치는 고상 가옥이 때로는 높고 때로는 낮게 첩첩이 지어져 거대한 숲처럼 산자락에서 산꼭대기까지 펼쳐져 산 하나를 빈틈없이 감싸고 있는 모습이었다.

아마도 당시 천로채의 산기슭으로는 맑은 무단강이 흐르면서 석양이 질 때면 나무로 된 고상 가옥의 외벽이 햇빛을 받아 붉게 타오르며 눈부시고, 저녁때가 되면 집집마다 밥 짓는 연기가 피어올라 마을 하늘에 구름 덩어리를 형성하여 몽롱한 아름다움을 선물하는 경치가 펼쳐졌을 것이다.

고상 가옥은 대부분 단풍나무로 지어졌고 지붕은 몽골 전통의 양식으로 1층 건물과 다층 건물로 연결되었다.

계곡을 끼고도는 무단강의 물줄기와 산세를 따라 지어진

중국 전통 마을 채寨의 모습
서강천호묘채西江千户苗寨. 중국에서 제일 큰 묘족 마을이다.

다양한 층수의 건물들이 조화를 이루어 멀리서 보는 이로 하여금 그 웅장함과 아름다움에 매료될 정도였다.

공명의 설명으로는 북주의 천로채라는 곳은 만주에서도 동북쪽으로 상당히 멀리 떨어진 곳이었다.

동경에서 그곳까지는 개경에서 동경으로 온 거리만큼이나 먼 곳이어서 걸어서 가는 것은 하세월이라 불가능한 일이었다.

더구나 도중에 산적 떼도 있고 들짐승도 출몰하기 때문에, 혼자서 가는 것은 어불성설이라는 것이다. 하물며 김천은 이곳 지리를 전혀 알지 못하는 사람이 아닌가.

“나는 이곳의 지리를 모르니 그저 별장 나리께서 베푸시는 은혜에 기댈 뿐입니다.”

김천이 다시 일어나 정중하게 예를 갖추어 절을 했다.

공명은 급히 김천의 몸을 일으켜 세웠다. 공명은 김천의 이야기를 듣고 감동했다.

어머니가 몽골군의 포로가 된 지 벌써 17년이나 흘렀는데도 이렇게 3년 전에 인편을 통해 받았다는 편지에 의지해서 고려를 떠나 이 먼 곳까지 찾아오다니, 사람으로서 어찌 감동하지 않을 수 있겠는가!

공명은 자신도 사실은 포로로 잡혀 왔지만, 운이 좋게도 이곳에서 마음씨 좋은 몽골 장수를 만나 통역관으로 신분을 바꾸게 되었다는 사연을 이야기했다.

그는 이야기 도중에 자기 고향에도 부모 형제가 있는데 그 소식을 듣지 못한 지도 퍽 오래되었다고 눈물을 글썽이었다.

두 사람은 밤이 깊도록 술잔을 주고받으면서 때로는 울다가 때로는 웃다가 서로 격려해 가면서 타국에서 고려인으로서의 서러움을 서로 나누었다.

날이 밝자 두 사람은 저잣거리로 나갔다. 김천은 공명이 안내하는 대로 말을 빌려 타고 이동하기로 했다.

우마 시장에서 공명은 자신의 관직을 이용하여 싼값으로 말을 빌렸다.

두 사람은 시장을 한 바퀴 돌며 이어질 긴 여정을 위해 물과 육포 등 마른 식량도 넉넉하게 사서 준비했다.

충분히 준비를 마친 두 사람은 말을 타고 북주의 천로채로 향했다.

만주의 여름은 숨이 막힐 정도로 더웠다. 오랜 가뭄으로 비가 내리지 않아 땅은 거북등처럼 갈라졌다. 마른 대지는 바람이 조금만 불어도 황토 흙먼지가 일어서 숨을 쉬기조차 어려웠다.

두 사람은 천으로 얼굴을 가리고 눈만 빼꼼하게 내놓고 부지런히 길을 재촉했다.

평지가 끝없이 이어졌다. 사방을 둘러봐도 산은 보이지 않았고 심지어 야트막한 구릉조차도 보이지 않았다. 앞이 보이지 않을 정도의 모래바람은 거의 매일 계속되었다.

김천은 처음 겪어보는 일이라 견디기가 너무 힘들었다. 그러나 어떻게 해서 여기까지 왔는지 생각하면 그런 고통은 견딜만했다. 그렇게 쉽지 않은 여정은 열흘이나 넘도록 계속되었다.

이동하는 도중에 공명은 간간이 김천에게 자신이 몽골에

포로로 잡혀 와 어떻게 해서 몽골의 역관이 되었는지 사연을 말해 주었다.

자신이 포로가 된 후에 부득이 살아남기 위해 몽골어를 익히려고 열심히 노력한 이야기부터 그렇게 몽골인의 눈에 들어 통역관으로 생활하기까지 몇 번이나 죽을 고비를 넘기면서 버텨온 이야기 등이었다.

그가 하는 일은 주로 고려와의 공문서 수발과 몽골 고위 관리가 고려인 포로를 심문하거나 조사할 때 통역을 맡는 일이었다. 그런 과정에서 겪었던 다양한 사례와 고려인으로 느끼고 있던 내용들을 하나하나 들려주었다.

고려가 몽골과의 30년 전쟁에서 인명 피해를 가장 크게 입은 해는 1254년(고종 41) 6차 침입 때였다.

『고려사高麗史』의 기록에 의하면 이 해 원나라에 포로로 끌려간 인원이 약 20만 7,000여 명이나 된다. 사망자는 이보다 훨씬 더 많았다고 한다. 당시 고려의 인구는 500만 명 안팎으로 추정된다.

"이 해에 몽골의 군사에게 사로잡힌 남자와 여자는 무려 20만 6,800여 명이나 되었다. 살육된 사람의 숫자는 헤아릴 수 없을 정도이다. 몽골군이 지나간 마을은 모두 잿더미가 되었다. 몽골의 침입이 있는 이래 올해처럼 심한 적은 없었다.”

— 『고려사』 권24 고종 41년 조

“몽골 군사에게 포로로 잡힌 남녀가 20만 6천8백여 명이나 되고, 죽임을 당한 사람이 이루 헤아릴 수 없다. 몽골 군사들이 거쳐 간 고을들은 모두 잿더미가 되었으니 그 참상은 이루 말할 수 없다.”

— 『고려사절요高麗史節要』 고종 41년(1254년) 조

원나라는 고려에서 잡아 온 전쟁 포로와 전쟁 중에 고려를 떠나 심양으로 들어와 살고 있는 고려인들을 효과적으로 다스리기 위해 1296년(충렬왕 22) 심양에 ‘안무고려군민총관부安撫高麗軍民總管府’라는 기관을 설치했다.

당시 원나라는 이 기관의 책임자에게 ‘심양왕瀋陽王’이라는 명칭을 부여했는데, 그의 지위는 고려 국왕과 동등하게 부여했다.

이 기관이 만들어지고 가장 먼저 임명된 자는 충선왕忠宣王이었다.

포로로 잡혀간 고려인 가운데 상당수가 그들의 의사와는

상관없이 심양 등 만주 지역으로 끌려가 집단 거주지에서 살았다. 일부는 현지 여진족 등과 섞여 생활하기도 했다.

당시 만주의 대부분 지역은 몽골 제국의 영토나 그 영향권에 속해 있었기 때문에, 고려인 포로들이 만주로 이동하는 것은 정해진 경로였다고 할 수 있다.

이 당시 몽골에 전쟁 포로로 끌려간 고려인들은 귀족이나 양민을 가리지 않고 모두 신분을 강등시켰다.

몽골 관리들은 이들을 노비로 삼거나 각종 공사와 잡역 등에 동원되어 강제 노동에 동원했다.

『고려사』에는 이렇게 잡혀간 고려인들이 그들의 반란이나 범죄를 저지른 자와 똑같이 간주하여 대부분 공노비로 삼았다고 기록하고 있다.

포로 가운데 일부는 몸값을 지불하고 증명서를 받아 귀국할 수 있었으나 극히 드물었다고 한다.

이처럼 당시 몽골 포로는 전쟁의 참상을 직접 경험하면서 신분을 상실하거나 적국에서 노비로 전락하여 상상 이상으로 가혹한 처우에 시달리고 있었음을 알 수 있다.

고려인 포로 가운데 탈출하는 예도 가끔 있었는데, 끝없이 이어지는 만주 초원에서 숨을 곳이라고는 없었다. 이들은 대부분 추격해온 몽골인들에게 붙잡히고 말았다.

설령 운이 좋아 만주 초원을 벗어나 압록강에 이르러도 강을 건너기 전에 기운이 탈진하여 쓰러지거나 강을 건너다가 대부분 익사했다.

다행스럽게도 운이 좋아 고려로 돌아오는 예도 있었는데, 기록에 거의 보이지 않을 정도로 극소수였다. 실제로 성공한 사람은 거의 없다고 해도 지나친 추측이 아니다.

몽골인들은 탈출하는 포로들이 늘어나자, 추격대를 조직하여 감시했다. 이들은 오랜 전쟁에서 포로를 다루는 방법을 알고 있었으며 만주 지역의 지리에 밝았다. 그러므로 비록 포로들이 자기 관할 지역에서 이탈하더라도 예상 도주 경로를 훤하게 파악하고 있었으므로 이들을 피해 숨을 곳을 찾는 것은 불가능했다.

붙잡혀 온 포로들은 가혹한 형벌로 다스렸다. 며칠을 굶기거나 매질로 초 죽음으로 만드는 것은 일상이었고, 특히 탈출 이력이 있는 남자 포로들은 아예 발뒤꿈치를 잘라 걸을 수 없도록 만들었다. 더 이상 탈출을 꿈꾸지 못하도록 만든 것이었다.

며칠을 뙤약볕에 시달리며 이동하는 동안, 공명이 들려주는 이야기는 김천을 두려움에 떨게 만들었다.

그는 혹시라도 동생 덕린에게 어떤 변고라도 있지 않을까 걱정이 되었다. 건장한 젊은 나이인 동생 덕린이 혹시라도 탈출을 시도하다가 어떤 모진 일을 당하지나 않았을까 불안했다.

그래도 동생은 성격이 침착하니 섣불리 행동하지 않았겠지 하는 생각도 들었다. 어머니가 같이 계시니 경솔하게 개인 행동은 아마 하지 못했을 거라고 믿었다. 그는 여러 번 고개를 절레절레 흔들었다.

그렇게 열흘이나 지났을까?

며칠을 끝없이 이어지던 초원의 끝자락에 새벽안개가 걷히더니 병풍처럼 둘러싸인 산이 나타났다. 평야는 사라지고 마침내 산자락이 눈앞에 펼쳐진 것이다.

공명은 김천에게 손가락으로 앞에 보이는 산자락의 한 곳을 가리켰다. 그는 빙그레 웃으며 이제 저 산의 야트막한 계곡을 따라 산을 몇 개만 넘어가면 도착할 수 있다고 했다.

그의 웃는 얼굴에 먼지로 덮인 눈썹과 하얗게 갈라진 입술이 눈에 들어왔다.

두 사람은 힘을 내서 다시 초원을 벗어나 산 입구 골짜기로 들어섰다. 그리고 골짜기를 따라 졸졸 흐르는 계곡물에

얼굴을 씻고 휴식을 취하며 바위 그늘 밑에 누워 깊은 잠에
빠져들었다.

오후가 되어 겨우 눈을 뜬 두 사람은 괴나리봇짐을 풀어
육포를 꺼내 허기를 달랬다. 그리고 다시 골짜기를 지나 두
어 개의 산을 더 넘었다.

산 능선을 넘어서자 멀리 골짜기를 따라 그림 같은 마을
이 눈앞에 나타났다. 두 사람은 피로한 것도 잊은 듯 잰걸
음으로 능선을 따라 들어가 골짜기 마을 입구로 들어섰다.

마침내 두 사람은 북주北州의 천로채天老寨라는 곳에 도착
했다. 공명은 편지에 적혀있는 내용을 근거로 그 지역에서
원나라의 군졸로 제법 권세를 누리고 있던 요좌要左라는 사
람의 집을 찾았다.

요좌는 몽골군으로 고려 원정에 출정하여 세운 공로로
고향으로 돌아와 원나라에서 나누어 준 약탈해온 재물과
포로들을 부리면서 큰 부자가 된 사람이었다.

두 사람이 요좌의 집에 이르러 문을 두드리자 한 여인이
문을 열고 나왔다.

여인은 무표정한 모습으로 두 사람을 바라보았다. 입은
옷은 누더기요, 쑥대머리의 얼굴에는 때가 더덕더덕 붙어
있었다. 고단한 삶에 지친 모습이었다.

고려인들은 어떻게 종이 되었을까?

요좌라는 인물의 신분이 군졸軍卒인 것으로 보아 요좌와 천로는 몽골군 5차 침입으로 강원도 동해안과 명주 일대를 짓밟을 때 아마도 종군했던 것으로 보인다.

김씨 부인과 아들 덕린이 종살이한 만주 동북방 지역은 과거 금나라 지배 지역이었다.

따라서 이 두 사람은 순수한 몽골인이 아니고 토착 만주인으로서 몽골군의 일원으로 징발되어 동원되었던 만주인이었던 것으로 보인다.

실제 당시 몽골군의 편성을 보면, 순수 몽골인은 소수에 불과했고, 대부분은 현지 주민이나 그들이 정복한 복속민으로 구성되어 있었다.

이 때문에 몽골군은 그 결속력을 높이기 위해 현지에서 약탈한 재물이나 노획한 포로의 대부분은 징발되어 종군했던 군인들에게 보상으로 나누어 주었다.

실제로 다음 기록을 보면, 몽골군은 전쟁에서 약탈한 재물과 포로들은 종군했던 사졸들에게 나누어 주었음을 알 수 있다.

"몽골군이 서해도의 양산성椋山城(황해도 안악으로 추정)을 함락했다. 이 성은 사면에 벽이 서 있고, 겨우 한 길로만 인마人馬가 드나들었다. 방

무단장시 일대.
김씨 부인 모자가 원나라에서
종살이한 곳으로 추정되는 지역이다.

호별감 권세후權世侯가 성이 험준함을 믿고 술만 마시며 방비하지 않았고 더구나 몽골군을 과소평가하고 있었다. … (중략) …

성이 마침내 함락되었다. 권세후는 스스로 목을 매 죽었다. 성안에 죽은 자가 무려 4,700여 명이나 되었다. 몽골군은 10세 이상의 남자를 모조리 죽이고, 부녀자와 아이를 사로잡아 사졸들에게 모두 나누어 주었다." (『고려사절요高麗史節要』 권17, 고종 40년(1243) 8월조)

이 기록은 몽골군이 서해도 양산성을 점령하기 위해 벌인 전투 장면이 생생하게 묘사하고 있다.

고려군이 지키던 성을 함락시키고 남자들은 도륙했지만, 포로로 사로 잡은 부녀자와 아이들은 전투에 참여하여 공을 세운 몽골군 군사들에게 나누어 주었다는 것이다.

이처럼 몽골군은 고려를 항복시키기 위한 침입에 과거 만주 일대 금나라의 정복민을 대거 동원하는 과정에서 요좌와 천로도 고려 침략에 동원되었던 것으로 보인다.

그리고 두 사람 역시 전투에 참여한 포상으로 김씨 부인과 아들 덕린을 각각 노예로 얻었다고 볼 수 있다.

여인은 잠시 주춤거리더니 돌아서서 하던 일을 계속했다. 마당 안에 있던 나이 든 사내들이 장작을 쪼개면서 문 쪽을 힐끔힐끔 쳐다보고 있었다.

공명이 여인을 보고 물었다.

"주인은 안에 계십니까?"

순간, 여인이 몸을 돌려 두 사람을 뚫어지게 바라보았다. 공명의 발음은 틀림없는 고려인이었다.

아무리 유창한 몽골어를 구사한다고 하더라도 고려인이 구사하는 몽골어는 아무래도 현지인과는 다른 데가 많았다.

여인이 고개를 갸우뚱거리며 대답했다.

"지금 밖에 용무가 있어서 출타 중입니다. 그런데… 혹시… 고려 사람이시오?"

"어떻게 아셨소? 우리는 고려인이오만….

옆에서 듣고 있던 김천이 얼른 고려말로 대답했다. 이 집에 들어서서 여인의 얼굴을 보는 순간부터 어딘가 무척 낯이 익었던 터였다.

두 사람이 고려인이라는 말에 마당 안쪽에서 일을 하던 사내들이 문 쪽으로 다가왔다. 여인도 긴장을 풀고 반색했다.

여인은 손에 들고 있던 빗자루를 문 옆의 기둥에 세우며 말했다.

여인의 얼굴에 미소가 번졌다. 여인은 두 사람 앞으로 다가서며 몽골어 대신 고려말로 말했다.

"아이고… 그렇구려. 반갑소. 반가워요. 사실은 나도 고려 사람이래요. 여기 이 사람들도 다 고려 사람이래요."

여인의 말투는 강릉 사투리가 분명했다. 김천이 놀라 황급히 물었다.

"그러면… 어느 지방 사람이시오? 혹시 강릉이래요('강릉입니까?'라는 뜻의 강원도 동안 지방 사투리)?"

고려 사람인 것을 확인한 여인이 대답했다.

"맞아요. 고려 강릉 사람이래요. 전쟁통에 이곳에 포로로 끌려왔사요('끌려왔어요.'의 강원도 동해안 지방 사투리). 당신도 강릉 사람이래요?"

여인은 눈에 눈물이 글썽거리면 말을 이었다.

"나는 본시 고려 명주 호장戶長 김자릉金子陵이라는 분의 딸이래요. 동생인 김용문金龍聞은 진사進士에 급제해 벼슬을 하고 있지요. 나는 우계현이라는 곳의 호장 김종연金宗衍에게 시집을 갔소. 아들을 둘 낳았는데 큰 아들은 해장이라 하고 작은 아들은 덕린이라 하지요.

피난길에 작은아들 덕린이와 몽골군에게 붙잡혀 이곳에 팔려 와서 종살이한 지도 벌써 17년이나 되었지요. 작은 아들 덕린이는 저 서쪽 너머 이웃에 사는 백호百戶 천로天老라는 사람 집에서 종살이하고 있소. 오늘 뜻밖에 다시 우리 고려 사람을 만나게 되었구려!"

여인이 말을 마치기가 무섭게 김천이 "어머니, 어머니" 하며 여인의 품으로 달려들었다. 김천은 바닥 꿇어앉아 어머니를 향해 절하면서 통곡했다.

"어머니. 어머니. 제가 바로 해장입니다. 어머니."

여인이 화들짝 놀라 꿇어앉아 절을 하는 그를 와락 끌어안고 정신없이 그의 얼굴을 살폈다. 김천의 어머니는 그의 얼굴을 쓰다듬고 손을 잡기를 반복하며 울었다.

김천의 어머니가 통곡하며 절규하듯 몸부림을 치자, 둘러서 이 광경을 보고 있던 사람들이 모두 놀라서 서로 얼굴을 쳐다보았다.

"네가 진정 내 아들 해장이냐?! 나는 네가 죽은 줄로만 알았구나!"

두 사람은 서로 한참 동안을 붙잡고 통곡하며 거의 정신을 차리지 못했다.

마당에서 이 광경을 지켜보던 장정 몇 사람과 중년 여인

두 사람이 다가와 두 모자의 손을 잡고 같이 울었다.

장정과 여인들은 이들을 사랑채로 안내하고 마실 차와 약간의 음식을 가지고 나왔다.

공명이 사연을 물어보니 이들도 모두 고려인들이었다. 몽골군이 고려를 침공했을 때 피난길에 모두 포로가 되어 붙잡혀 온 사람들이었다.

이들 가운데는 이곳에 포로로 끌려온 지 벌써 30년이나 된 사람도 있었고, 가까이는 김천의 어머니처럼 20년 가까이 된 사람도 있었다.

이들은 모두 20대 초반부터 30대 초반의 젊은 나이에 이곳으로 끌려와 온갖 고초를 겪으면서 죽지 못해 살고 있다고 하소연했다.

그들 가운데 몇 사람은 거동이 상당히 불편할 정도로 몸 상태가 나빠 보였다. 공명이 사연을 물으니 종살이가 너무 힘들어 고향으로 돌아가려고 도망쳤다가 도로 붙잡혀 와 모진 형벌로 몸을 못 쓰게 되었다고 했다.

절뚝거리는 젊은이는 발뒤꿈치를 잘리는 형벌을 받았다고 하면서 양말을 벗어 보였다.

당시 몽골 지역에서는 포로들이 달아나는 것을 방지하기 위해 도망치다가 잡혀 온 남자들에게는 발뒤꿈치를 자르는 형벌이 있었다. 이는 다리에 힘을 쓰지 못하게 함으로써 달아나는 것을 원천적으로 막을 수 있기 때문이었다. 그의 발뒤꿈치는 보기가 어려울 정도로 움푹 패어 있었다.

공명과 김천은 몸서리를 치다가 고개를 돌려 한숨을 쉬었다.

이들은 혹시라도 고향 소식을 알 수 있을까 하여 공명과 김천에게 쉴 새 없이 물었다. 어떤 이는 평안도와 황해도, 어떤 이는 경기도, 심지어는 충청도와 경상도가 고향인 사람도 있었다.

그들은 이 천로채 다른 집에도 고려인 포로가 많다고 전했다. 이들은 모두 김천의 효행을 부러워하면서, 자신들도 모두 고향에 가족이 있고 그 소식을 알 방법이 없어 그저 매일 같이 눈물로 세월을 보낸다고 소리 내어 울었다.

김천의 어머니는 거의 실신 상태였다. 상황이 밝혀지고 긴장이 풀리자 그녀는 아들의 얼굴에서 시선을 떼지 못했다.

"네가 이렇게 커서 어른이 되었구나. 고맙다. 장하다. 내 아들아…."

김씨 부인은 아들의 손을 잡고 계속 쓰다듬으며 눈물을 흘렸다. 얼마나 그리던 아들인가? 그런 아들이 20년 만에 자신을 찾아 이 먼 곳까지 올 것이라고 누가 상상이나 했겠는가?

김천은 어머니에게 그동안에 일어난 일을 소상하게 말했다. 원나라에서 온 습성이라는 사람이 어머니의 편지를 가지고 왔다는 대목에서는 놀라서 통곡했다.

"오래 전에 고려 사람이 이곳 천로채에 며칠을 묵었을 때 고향이 명주라고 하길래 사연을 말씀드렸더니 혹시 그곳으로 갈 일이 있을지도 모른다고 했어. 그래서 내가 급하게 몇 줄로 편지를 써서 드렸는데…. 그러면 네가 그 편지를 받았단 말이냐? 아이고 고마워라. 고마운지고. 하늘이 우리를 도우셨구나. 조상님들께서 내 간절한 소원을 들어주신 게야. 흑흑…."

김씨 부인은 또 김천을 붙잡고 울었다. 주위에서 지켜보던 사람들이 모두 눈물을 흘리며 감탄했다.

김천은 어머니에게 고향에 계신 가족의 소식을 전하면서 외할아버지와 외할머니의 소식도 함께 전했다.

김씨 부인은 너무나 기쁜 나머지 마침내 혼절하고 말았다. 마당에 있던 여인들이 놀라서 부엌으로 뛰어들어 바가지에 물을 퍼 왔다.

묵묵히 지켜보던 공명이 두 사람의 흥분이 가라앉기를 기다렸다가 소매를 꺼내 눈물을 닦으면서 조용히 말했다.

"이제 찾았으니 됐소. 얼마나 다행한 일인지 모르겠소. 그런데 공교롭게도 주인인 요좌가 지금 집에 없으니 돌아갔다가 다시 찾아올 수밖에 없게 되었소. 우리 며칠만 잠시 헤어졌다가 다시 만납시다."

겨우 정신을 차린 김천은 김씨 부인이 깨어나자 어머니에게 부디 몸조심하시고 며칠만 고생하시라고 단단히 일러두고 공명을 따라나섰다.

마을 어귀까지 따라 나온 김천의 어머니는 잠시의 이별이 너무 아쉬워 발길을 돌리지 못했다.

김천은 어머니의 모습이 보이지 않을 때까지 손을 흔들었다. 말을 타고 도로 동경으로 돌아오는 길에서 김천은 슬픔과 기쁨에 이 사실이 꿈인지 생시인지 도무지 정신을 가눌 수 없을 정도였다,

두 사람은 동경東京으로 돌아와 공명公明의 동료인 별장別將 수룡守龍이라는 사람의 집에 머물렀다.

쌀 183석

김천과 공명은 별장 수룡守龍의 집에 한 달이나 지내다가 다시 요좌 집으로 향했다. 이번에는 별장 수룡도 함께 출발했다.

수룡은 김천과 공명이 한 달 동안 자기 집에서 지내는 동안 김천의 기가 막힌 사연을 듣고 감복했다.

더구나 함께 온 공명이 자기 일을 뒤로 미루고 이국땅에서 어머니를 찾아 고생하는 김천을 적극 도와주는 선행에도 크게 감동했다.

김천과 공명이 다시 천로채로 가기 위해 집을 나서자, 수룡도 기꺼이 두 사람과 함께 떠나기로 했다. 수룡은 그곳의 지리에도 밝을 뿐만 아니라 어쩌면 문제 해결에 도움을 줄 수도 있을 것이라고 생각했다.

수룡까지 행렬에 합류하자 김천은 천군만마를 얻은 듯 기뻤다.

하루가 몇 달이나 되는 것 같은 느낌으로 매일 조바심을 내고 있던 김천은 마침내 천로채로 출발할 수 있게 되자, 설레는 마음에 잠을 이루지 못했다.

세 사람은 말을 타고 북주 천로채로 향했다. 가도 가도 끝이 없는 벌판이 열흘이 넘도록 계속 이어졌다. 게다가 비 한방울 내리지 않는 날씨가 이어지면서 흙먼지 바람이 계속 불어와 일행을 힘들게 만들었다.

그러나 김천에게는 아무 일도 아니었다. 그저 하루라도 빨리 어머니가 계시는 곳으로 가고 싶은 마음뿐이었다.

천로채를 출발한 지 보름이 지났을 무렵이 되어 일행은 무사히 군졸 요좌가 사는 마을에 도착했다.

공명은 요좌의 집에 이르자 또다시 김천에게 그를 만났을 때 주의해야 할 몇 가지 내용들을 알려주었다. 너무 기쁜 나머지 서둘다가 혹시나 일을 그르치지나 않을까 하는 노파심이 들었기 때문이었다.

사실 김천은 동경에서 출발하여 천로채까지 오는 동안 계속 들뜬 모습을 보여주었다. 그러나 공명이 여러 차례 진지하게 천로채에 도착하여 행동을 조심할 것을 일러주자,

김천은 그에게 걱정하지 말라고 하면서 여러 번 약속했다.

마침내 요좌의 집에 도착하자, 사람들이 모두 나와 이들을 반겨주었다. 한 달여 전에 찾았을 때 안면이 있던 터에 이곳까지 찾아온 연유를 알고 있었으니 반가워하는 것은 당연한 일이었다.

어린 노비 한 사람이 김천 일행이 도착했음을 알리려고 후원으로 뛰어갔다.

김천 일행이 나이가 지긋한 남자 노비가 이끄는 대로 후원의 안채에 이르니 중년 남자가 마루에서 신발을 고쳐 신고 마당으로 성큼성큼 걸어 나오고 있었다. 우람한 체구에 잘 단련된 40대 후반의 근육질 남자였다.

공명이 앞으로 나서며 고개를 숙여 인사했다. 김천도 조심스럽게 앞으로 나가 공손하게 허리를 숙여 예를 갖추었다.

"요좌라 하오. 어서 오시오. 아래 것들에게 그대들이 지난번에 다녀갔다는 얘기는 전해 들었소, 자, 안으로 듭시다."

요좌는 세 사람을 별채로 안내했다. 김천은 계속 두리번거리며 마당에 늘어서 있는 사람 중에 어머니를 찾았다. 어머니는 보이지 않았다. 아마 요좌가 미리 단속한 것 같았다.

김천은 좌우를 계속 두리번거리면서 조용히 뒤를 따랐다. 성급한 행동으로 일을 그르치지 말라는 공명의 당부를 계속 떠올렸다.

방 안으로 들어서니 차 향기가 가득했다. 후원은 밖의 분위기와는 전혀 다르게 잘 정돈되어 있었다. 벽에는 요좌가 사냥한 것으로 보이는 여러 짐승의 박제들이 요란하게 장식되어 있었다.

요좌가 차茶를 직접 내려 공명과 수룡 그리고 김천에게 차례로 따랐다.

"길이 멀어서 고생했겠소."

요좌가 세 사람에게 차를 권하며 웃었다. 김천에게도 차를 권하는 시늉을 하며 아래위를 훑어내렸다. 김천은 그의 눈빛이 강렬하다고 느끼면서 자신이 조금 위축되는 것 같았다.

"이미 알고 계시겠지만… 우리가 온 것은 다름이 아니라…."

공명은 손짓과 몸짓을 섞어 요좌에게 뭔가 열심히 설명했다. 수룡도 간간이 옆에서 거들어가며 설명했다.

김천은 세 사람이 몽골어로 주고받는 대화가 무슨 내용인지 자세히는 알 수 없었으나 자신의 어머니를 속량시키기 위한 내용으로 협상하고 있음을 알 수 있었다.

요좌는 고개를 끄떡이기도 하다가 힐끗 김천을 쳐다보기도 했다. 가끔은 천정을 쳐다보며 생각에 잠기는 듯한 표정을 지으며 손으로 턱을 괴기도 했다.

"허어⋯. 이것 참. 정말 어렵네."

잠시 밖으로 나온 공명이 김천에게 협상의 진행 상황을 설명해 주었다.

공명이 자신과 수룡의 관직을 들어가며 요좌를 설득하고 김천의 어머니를 속량해 달라고 요구하였으나 요좌의 태도가 예상 밖으로 완강하다는 것이다.

김천은 마음이 다급해 어쩔 줄 몰랐다. 공명이 김천을 달랬다.

"안 되겠네. 오늘은 여기서 한발 물러서고 좀 지켜보세. 별채에 방을 하나 내어 달라고 부탁했으니 여기서 며칠을 보내면서 계속 얘기해 보세."

다시 방으로 들어간 공명이 잠시 후에 요좌와 함께 밖으로 나왔다.

공명과 수룡이 요좌에게 두 손을 모아 고개를 숙이며 예를 표했다. 요좌도 두 손을 모아 예를 표하고 미소를 지으며 몸을 돌려 안채 쪽으로 사라졌다.

요좌가 마련해 준 별채에서 짐을 내린 세 사람은 마을을 돌며 바람이나 쐬자고 집을 나섰다.

그러는 사이에도 김천은 계속 집안을 기웃거리며 어머니를 찾았으나 보이지 않았다. 그럴수록 그의 마음은 점점 타들어 갔다.

수룡이 길을 걸으며 김천에게 말했다.

"문제는 돈일세. 돈. 은銀 100냥을 내놓으라는 거야. 100냥을…."

100냥이라는 말에 김천이 깜짝 놀라 눈이 휘둥그레졌다.

"예? 100냥씩이나요? 어쩌지요? 지금 수중에 가진 것이라고는 60여 냥밖에 안 되는데…."

공명이 미소를 지으며 거들었다.

"끝까지 버티면서 노력해 봐야지. 지금 우리에게 필요한 건 바로 정성이오. 정성이 지극하면 하늘도 감동한다고 하지 않았나…."

공명이 단호하게 자신의 결심을 말하자 김천은 약간 안심이 되었다.

이튿날부터 김천은 노비들과 함께 장작도 패고 마당도 쓸면서 쉬지 않고 지극정성을 다했다.

요좌가 나타날 때마다 두 사람은 그에게 공손하게 예를 표했다. 그때마다 요좌는 빙그레 미소만 지을 뿐 아무런 대답도 없이 자리를 비켰다.

그렇게 사흘이 속절없이 지나갔다. 그날도 하루 종일 김천은 마당에서 노비들을 도와 장작을 패고 마당을 쓸었다.

그날도 오후 늦게 해가 지평선으로 넘어가고 어둠이 깔리기 시작하자 요좌가 두 사람을 별채로 불렀다.

두 사람이 안으로 들어서니 김천의 어머니가 요좌의 옆에 앉아 있었다.

김천은 가슴이 두근거렸다. "어머니"하고 와락 달려들고 싶었지만, 공명이 계속 그의 행동을 암묵적으로 제지하고 있었기 때문에 반가운 마음을 꾹 눌러 참았다.

그녀는 눈을 아래로 내리깔고 두 손을 앞으로 모으고 있었다. 시선은 아예 방바닥만 보고 있었다. 한눈에 보아도 매우 조심스러워하고 있음을 알 수 있었다.

김천은 요좌의 앞에 공명이 사전에 알려준 대로 허리에 차고 있던 전대를 풀어 요좌에게 내밀었다.

그는 일어나 요좌에게 큰절을 한 다음, 다시 무릎을 꿇었다. 그리고 울면서 자신이 고려에서 가지고 온 돈의 전부라고 하면서 다시 엎드렸다. 다소곳이 앉아 있던 김천의 어머니도 요좌 앞에 엎드려 흐느꼈다.

이들의 행동을 무표정하게 지켜보던 요좌의 미간에 잠시 경련이 일어났다. 공명과 수룡도 요좌 앞에 무릎을 꿇고 그간의 사정을 또 설명하며 자비를 베풀어줄 것을 빌었다.

방안과 마루를 오가며 뒷짐을 지고 이리저리 생각에 잠겨 있던 요좌가 마침내 입을 열었다.

"이 천로채에서 이런 일은 처음이오. 이렇게나 오랜 시간이 흘렀는데도 모친을 구하겠다고 그 먼 길을 찾아오다니…. 나도 사람인지라 어찌 감동하지 않을 수 있겠소."

마음을 돌린 요좌가 김천의 지극한 효심이 감동했다는 칭찬으로 무릎을 꿇고 울고 있는 김천과 김씨 부인을 직접 일으켜 세우고는 공명을 향해 엄지손가락을 들어 올렸다. 수만 리나 떨어진 고려 땅에서 어머니를 잊지 않고 찾아온 자식의 효심을 마침내 인정한 것이다.

마당에서 방안의 동태를 살피고 있던 노비들이 소매로 눈물을 훔쳤다. 어떤 사람은 울음을 참지 못하고 엉엉 소리 내면서 울기까지 했다.

요좌는 몸값을 반으로 낮추어 은銀 55냥을 받고 김천의 어머니를 속신贖身 시켜 주었다. 그리고 김천에게 김씨 부인이 더이상 자기 노비라 아니라는 '속신贖身 증명서'를 써주면서 그를 칭찬했다.

김천은 요좌에게 엎드려 절하며 감사 인사를 하고 다시 어머니를 끌어안고 울었다.

요좌의 집에서 나온 김천 일행은 김씨 부인을 말에 태우고 다시 김천의 동생 덕린이 종살이하는 천로라는 사람의 집을 찾았다.

천로도 역시나 속신의 대가로 은銀 100냥을 요구했다. 그러나 김천으로서는 가지고 온 돈이 더 없었기 때문에 동생은 속신 시킬 수 없었다.

김천은 동생 덕린을 붙잡고 울면서 돈을 모아 꼭 다시 올 테니 기다려 달라고 위로했다. 그리고 주인 천로에게 동생을 잘 부탁한다고 간곡히 부탁했다.

김씨 부인은 땅바닥에 엎드려 통곡했다. 천로는 걱정하지 말라고 김천과 김씨 부인을 안심시키고 훗날 기별을 주면 동생을 보내주겠다고 약속했다.

김천은 감격해서 천로에게 무릎 꿇고 절을 했다. 김천과 동생 덕린, 그리고 김씨 부인 등 세 사람은 서로 붙잡고 통곡했다.

그 사이에 공명과 수룡은 천로에게 몽골어로 김천 모자의 사연을 전하면서 약속과 다짐을 주고받았다.

하늘은 스스로 돕는 자를 도우니

김천 일행은 천로의 집을 나와 다시 동경으로 출발했다. 천로는 덕린을 따로 불러 어머니 김씨 부인과 형을 동경까지 따라가 배웅해도 된다고 허락해 주었다. 그리고 돌아올 때 타고 오라고 하면서 말 한 필을 꺼내 주었다.

김천과 김씨 부인은 천로에게 몇 번이나 고맙다고 인사했다. 덕린은 자신에게 내준 말에 어머니 김씨 부인을 태우고 형과 함께 걸어서 일행의 뒤를 따랐다.

동경으로 돌아오는 길도 힘들고 험하기는 마찬가지였다.

한 달이나 넘도록 비가 내리지 않는 날씨가 이어지면서 땅은 조금만 바람이 불어도 사방은 온통 흙먼지로 하늘을 뒤덮어 앞이 잘 보이지 않을 정도로 어두워지기 일쑤였다.

그래도 일행은 갈 때와는 달리 웃음소리가 끊이지 않았

다. 김천과 동생 덕린은 줄곧 어머니 김씨 부인의 동정을 살피면서 그녀의 곁을 지켰다. 그들 형제도 그동안 못다 한 이야기를 나누면서 잠시도 떨어지지 않았다.

덕린은 일행이 동경으로 이동하는 동안 몽골군이 마을에 침입해 왔을 때 어머니와 함께 포로가 된 상황과 마을에서 함경도를 거쳐 만주의 북주 천로채로 오게 된 경위를 자세하게 들려주었다.

그리고 두만강을 건너와 몽골군 부대에 집결하여 몽골군 부대가 끌고 온 포로를 나누어주는 과정에서, 어머니와 서로 떨어지지 않으려고 얼마나 노력했는지 실감 나게 설명했다.

북주로 가게된 후 어머니는 천로채에 사는 군졸 요좌에게, 그리고 자신은 천로의 동료이면서 천로채에서 한나절 거리에 있는 군졸 천로에게 팔려 가게 되는 과정을 이야기했다.

김씨 부인은 처음에는 북받치는 설움과 안도의 한숨이 뒤섞어 간간이 오열하기도 하고 흐느끼기도 했지만, 시간이 흐르면서 조금씩 안정을 찾았다.

머나먼 길을 열흘이나 이동한 후 마침내 동경으로 들어가는 관문에 이르렀다. 일행은 무사히 돌아왔다는 안도감에 환호성을 질렀다.

그동안 제대로 먹고 쉬는 것이 어려웠으므로 모든 여건이 일행을 힘들게 만들었다.

그러나 김천 모자母子에게는 이런 정도의 어려움은 아무 일도 아니었다. 그저 지금, 이 순간이 행복할 뿐이었다. 그리고 하루라도 빨리 함께 가족이 기다리는 고향으로 돌아갔으면 하는 마음뿐이었다.

일행은 별장 수룡의 안내로 관문을 지나 마침내 동경 시내로 들어섰다. 천로채와는 또 다른 풍경에 김씨 부인과 덕린은 놀란 입을 다물지 못했다. 일행은 별장 수룡의 집에 일단 여장을 풀었다.

수룡은 김천 모자에게 간단하게 준비한 요기 거리를 내놓고는 공명과 함께 잠시 외출했다가 돌아왔다.

두 사람은 김천과 동생 덕린을 불러 어머니를 편하게 모실 수 있도록 하려고 저잣거리 입구의 역관에 들러 사정을 이야기하고 여장을 풀도록 배려했다며 그들을 역관으로 안내했다.

역관에 도착한 공명과 수룡은 김씨 부인을 안으로 모셔 쉬게 하고 김천과 덕린을 따로 불렀다. 공명이 말했다.

"북주를 떠날 때 천로 군졸에게 약속하기를, 동경에 무사히 도착하면 지체하지 않고 동생을 북주로 다시 돌려보내기로 했소. 이제 무사히 도착했으니 아쉽지만 동생은 돌아갈 준비를 하시오.”

김천은 덕린을 와락 안고 눈물을 흘렸다. 어렵게 만난 형제가 다시 헤어져야 한다는 것이 너무나 서러웠다. 김천은 수중에 가진 돈이 없어서 그를 구하지 못한 것이 생각할수록 너무나 안타까웠다.

덕린은 자기를 붙잡고 통곡하는 형을 오히려 위로하며 달랬다.

공명은 그들의 처지를 충분히 이해하면서 자신도 더 이상 해줄 수 있는 것이 없다는 사실에 아쉬워했다.

그는 시선을 창밖으로 돌렸다. 저잣거리의 골목에는 오가는 사람들로 붐비고 있었다. 수룡이 두 사람을 다독거리면서 말했다.

“그래도 오늘 도착했으니 당장은 움직일 수 없잖소. 2, 3일은 역관에서 좀 쉬면서 마음을 추스르시오. 가족끼리 아직도 할 이야기도 많이 남았잖소. 동경 시내 구경도 좀 하시고….”

김천 모자는 역관에서 이틀을 푹 쉬면서 간간이 저잣거리를 돌아보기도 하면서 고려로 돌아가는 데에 필요할 것 같은 물건들을 챙겼다.

공명과 수룡은 아침저녁으로 객잔에 들러 이들의 안부를 묻고 김천 형제와 고려로 돌아가는 행로에 대해 의견을 나누었다.

그동안 원나라로 오가면서 경험이 많은 공명은 경비를 줄이면서 고려 강릉부까지 무사히 돌아갈 수 있도록 물심양면으로 도와주려고 노력했다.

그런데 김천 모자에게 엄청난 행운이 일어나고 있었다. 고려에서 어머니를 구하기 위해 천 리 먼 길을 마다하지 않고 찾아온 김천 일행에 관한 이야기는 원나라 수도 동경 일대의 저잣거리에서 입소문을 타고 빠르게 퍼져 있었다.

그것도 10여 년이나 훨씬 지났음에도 모친을 구하기 위해 북주 천로채까지 가서 속전을 주고 구해왔다는 이야기는 약간의 과장을 더해 동경 저잣거리 가는 곳마다 고려인들 사이에 크게 화제가 되고 있었다.

그동안 고려 조정에서도 변화가 일어나 1274년에 원종元宗이 죽고 충렬왕忠烈王이 즉위하였다.

충렬왕은 1275년 관제官制 개편을 단행하고 김방경金方慶을 첨의중찬 상장군 판전리감찰사사僉議中贊上將軍判典理監察司

事에 임명하였다. 그리고 이듬해에 그를 성절사聖節使로서
원나라에 파견하였다.

성절사란 원나라 황제나 황후의 생일을 축하하기 위해
보내는 사신을 말한다. 성절사는 조선 시대부터 정례화되
었고 그 사절의 구성은 시기에 따라 차이가 있으나, 2품 이
상의 대신을 정·부사로 임명하고 250명 내외의 인원으로
구성하였으나 때로는 500명이 넘게 편성되기도 했다.

김방경金方慶(1212~1300)은 신라 마지막 왕인 경순왕敬順
王의 후손으로 고려 말기 원종 때부터 관직에 오른 무신이
자 문신이다. 자는 본연本然이고, 본관은 안동安東이며, 시호
는 충렬忠烈이다. 선충협모정난정국공신 벽상삼한삼중대광
宣忠協謨定難靖國功臣 壁上三韓三重大匡에 추증되고, 상락공上洛公에
봉해졌다. 안동을 식읍으로 받아 구 안동 김씨의 중시조가
되었다.

그는 관직에 올라 왕의 두터운 신임을 받아 금부金符를 받
고 도원수都元帥까지 올라, 고려의 조정을 좌우할 정도의 막
강한 권세를 누렸다.

그는 충직하고 신의가 두터우며 그릇이 크고 넓어서 당
시 백성들 사이에 고려의 명신이자 명장으로서 명망이 높
았다.

충렬왕은 즉위하자 1276년에 김방경을 원나라 황제의 생일을 축하하기 위한 성절사절에 임명하고 대규모 성절사를 파견하였다.

김방경이 사신으로 왔다가 임무를 마치고 고려로 돌아가는 길에 동경에 이르렀을 때, 동경의 역관에서 우연히 김천 모자의 이야기를 듣게 되었다.

당시 고려 사람들은 몽골군에 포로로 잡혀간 가족을 속량시키기 위해 많은 노력을 기울이고 있다는 것은 고려인은 물론 이곳 원나라 사람들 사이에서도 다 아는 사실이었다.

고려 사람들이 가족을 속량시키기 위해 멀리 원나라 동경으로 찾아오는 일은 그리 낯선 일이 아니었다. 그러나 대부분 비싼 속량 비용을 감당하지 못하고 포기하기 일쑤였다.

더구나 이미 전쟁이 끝난 지 십수 년이나 지났으므로 갈수록 속량을 위해 고려에서 이곳까지 찾아오는 사람들이 뜸해져 이제 그런 소식도 간간이 전해 듣는 정도에 불과했다.

그런 문제는 이제 사람들 사이에서 점차 관심 밖의 일로 잊혀져 가고 있었다. 그러므로 김천 모자의 일도 사람들의 관심을 끄는 일은 아니었다.

"방금 뭐라 했느냐? 그게 사실이냐?"

"예. 중찬 어른. 아래 것들이 밖에서 정탐한 내용을 보고 드립니다."

"20여 년이나 지났는데도…? 더구나 개경도 아니고 명주에서 왔다고? 허어… 이런 일이 있다니… 효자로다. 하늘이 내린 효자로다."

김천 모자의 기막힌 사연을 수행원 우두머리로부터 자초지종을 보고받은 김방경은 크게 감동했다.

저잣거리의 소문은 꼬리에 꼬리를 물고 증폭되어 어떤 이는 20여 년이 지났다는 둥, 심지어 30년이나 넘었다는 둥의 소문이 돌고 있었으니 그의 귀에 들어간 소문은 실제보다 훨씬 과장되어 전달되었다.

김방경은 즉시 수하들을 시켜 김천 모자母子를 찾았다. 동경의 역관에서 공명의 도움으로 고려로 돌아갈 방도를 찾던 김천 모자는 깜짝 놀라 엉겁결에 김방경에게 불려갔다.

마침 노잣돈도 다 떨어져서 고민이 깊었던 김천 모자에게는 가뭄에 단비를 만난 격이었다.

김방경은 김천 모자와 그들을 북주의 천로채까지 안내하

충렬공 김방경金方慶 묘소.
백범 김구 선생의 24대조로 경북 안동시 녹전면 죽송리 산19-1에 있다.

여 마침내 속량시키도록 해준 공명과 수룡으로부터 그간의 자초지종을 듣고 감복했다.

"부인께서는 그동안 얼마나 고생이 많으셨소. 그래도 하늘이 도와 이런 효자를 두셨으니 얼마나 다행한 일이오. 그대들이 고향에 이를 때까지 내가 모든 조치를 해 둘 테니 걱정하지 말고 잘 돌아가도록 하시오."

김씨 부인과 김천, 김덕린 형제는 엎드려 울면서 일어날 줄 몰랐다. 김방경이 단상에서 내려와 김천 모자를 일으켜 세우며 위로했다. 공명과 수룡도 엎드려 깊이 감사의 예를 표했다.

"지필묵을 가져오너라."

김방경은 즉시 김천 모자의 사연을 담아 충렬왕에게 보내는 장계를 작성하여 파발을 보냈다.

그의 장계를 받은 파발은 두 손을 모아 읍을 하고는 재빨리 대청을 빠져나갔다. 파발은 개경을 향해 쉬지 않고 말을 달렸다.

파발이 대청을 빠져나가자, 김방경은 수행 총관을 불러 문서를 주면서 원나라 총관부總管府에 보내 김천 모자가 안전하게 고려의 강릉부 우계현 고향까지 돌아갈 수 있도록 통행 증명서를 내주도록 조치했다.

김방경의 장계를 받은 충렬왕은 감동했다. 온 나라가 전란을 겪고 시름에 빠져 생기를 잃고 있는데 이런 기막힌 미담을 듣자 즉시 중추원中樞院에 일러 이들이 강릉부에 도착할 때까지 모든 역관驛館에서 이들 모자에게 식사와 숙소를 무료로 하고 역마驛馬를 제공하도록 하였다.

그리고 강릉부에서는 파발마를 보내 이들 모자의 소식을 우계현에 있는 김천의 가족에게 전달하도록 명령했다.

마침내 김천 모자 일행은 귀국길에 올랐다. 동경 외곽까지 마중을 나온 덕린은 어머니와 형에게 무사히 귀국할 것을 빌면서 작별 인사를 나누었다.

"어머니. 형님. 편안히 돌아가십시오. 지금은 따라가지 못하나 하늘의 복이 있으면 반드시 서로 만날 때가 있을 것입니다. 그때까지 부디 건강히 지내십시오."

세 모자는 서로 안고 흐느껴 울며 말을 잇지 못하였다. 김씨 부인은 아들 덕린에게 몸조심하라고 신신당부하면서 발길을 돌리지 못했다.

그동안 모든 일정을 함께하며 도와준 공명과 수룡은 기쁜 마음으로 두 모자와의 이별을 아쉬워했다. 수룡과 덕린도 말을 타고 북주로 되돌아갔다.

김천과 김씨 부인은 김방경이 배려해 준 덕분에 가는 곳마다 귀빈 대우를 받으면서 안전하게 귀국길에 올랐다. 이미 왕의 특명까지 내려왔다는 소식이 전해지면서 가는 곳마다 화제가 되었다.

김천이 몽골군에게 포로로 잡혀간 모친을 속량시켜 강릉부로 돌아오고 있다는 소식은 파발마를 통해 강릉부에 빠르게 전해졌다.

왕의 특명이 기록된 공문을 받은 강릉부사는 김천 모자

가 원주原州를 지났다는 소식을 접하자 즉시 우계현羽溪縣에 파발을 보내 후속 조치에 들어갔다.

고향으로 돌아오다

우계현 현내리에서 자나 깨나 소식을 기다리던 김천의 가족은 강릉부사江陵府使가 직접 보내온 파발을 접하고는 깜짝 놀랐다.

강릉부사는 김종연의 가족을 대관령을 넘어 진부역까지 안내하여 그곳에서 원나라에서 귀국하는 김천 모자를 영접하도록 조치했다는 소식도 함께 알리도록 했다.

김종연은 강릉부사가 보낸 관리에게 감사의 인사를 드리고는 즉시 사람을 보내 장인에게 알렸다.

현내리 사람들은 환호했다. 마을에서는 잔치가 열렸다. 이 소식은 강릉부 곳곳에 삽시간에 퍼져나갔다. 우계현 사람들은 물론 멀리 삼척부의 사람들까지도 이 놀라운 소식을 듣고 현내리로 몰려들었다. 마을에서는 며칠 동안 성대한 잔치가 벌어졌다.

외손자가 딸과 함께 무사히 돌아오고 있다는 소식을 접한 김자룽과 그의 부인은 깜짝 놀랐다. 더구나 왕이 직접 지시하여 강릉부사가 파발을 보냈고 또 가족을 진부역까지 안내한다는 소식을 접하고는 도저히 믿을 수 없었다.

황급히 준비를 마친 김자룽과 부인은 사람들을 데리고 사위 김종연의 집으로 향했다. 김종연도 서둘러 준비를 마치고는 김자룽 내외가 도착하자마자 길을 떠났다.

이들은 강릉부에 도착해 강릉부사가 미리 안배해 둔 임영관에서 하루를 묵었다.

김천이 모친을 속량시켜 고향으로 돌아온다는 소식은 강릉부 저잣거리에서도 연일 화제였다.

이 소식은 초당에 있는 김순의 두부 가게에도 전해졌다. 소문을 들은 김순 부부는 너무 기뻐 어쩔 줄 몰랐다.

더구나 왕이 특명을 내려 모든 역관이 친구 모자의 안전한 귀향을 도우라고 했다는 소식에 감동했다.

김순은 그날부터 매일 장마당과 역관으로 나가 우계현에서 김천의 가족들이 강릉부로 올라오기를 기다렸다.

마침내 김천의 가족들이 강릉부 역참에 도착하자 김순은 그들을 만났다.

국보 51호 강릉 객사문.
중앙 관리들이 이곳에 왔을 때 머무는 곳으로 객사 임영관의 대문.
고려시대에 건립된 객사의 건물은 없어지고 문만 남아있다.
문화재청 공식 명칭은 '강릉 임영관삼문江陵臨瀛館三門'이다.

김천의 가족들은 그를 만나 반갑게 인사를 나누었다. 김종연을 비롯한 모든 가족은 이 모든 행운의 시작이 김순의 공이라고 감격해했다. 특히 김자릉은 그를 만나자마자 얼싸안고 눈물을 흘리며 떨어질 줄 몰랐다.

김순은 김천 가족 일행과 함께 임영관에서 쉬고 진부역으로 함께 마중하기로 했다.

이튿날 아침, 김종연 가족 일행은 강릉부사가 마련해 준

가마를 타고 강릉부 관아 소속 군졸들의 호위를 받으며 평창 진부역珍富驛으로 가기 위해 대관령을 넘었다.

이들 일행이 홍제동을 지나 대관령 고갯길이 시작되는 성산 입구까지 가는 곳마다 사람들이 길가에서 손을 흔들며 환영했다.

김천 모자는 원나라 동경을 떠난 지 달포 만에 강원도 문막을 거쳐 대화역을 지나 마침내 진부역에 이르러 꿈에 그리던 가족을 만날 수 있었다.

김씨 부인은 남편 김종연을 만나 서로를 보고 기쁨에 차 얼싸안았다. 김천의 외할아버지 김자릉은 그때 79세였다. 딸을 보고 너무 기쁜 나머지 졸도하고 말았다.

잠시 후에 다시 깨어난 그는 '이제 죽어도 여한이 없다'라며 딸을 안고 실성한 사람처럼 중얼거렸다.

김천은 어머니, 아버지에게 술잔을 바치며 통곡했다. 모여든 사람들이 모두 눈물을 흘리며 손뼉을 쳤다.

오랜 세월 동안 가슴에 켜켜이 쌓인 온갖 회한과 설움이 눈물이 되어 흘렀다.

그날 저녁, 진부역사珍富驛舍에서는 잔치가 열렸다. 이미 소문이 퍼진 상황이라 많은 사람이 몰려들어 밤새도록 북새통을 이루었다.

김천은 진부역까지 마중나온 친구 김순과 밤이 새도록 술잔을 기울이며 회포를 풀었다.

김씨 부인이 포로로 잡혀간 지 무려 23년이 지나 기적같이 고향으로 돌아온 그날의 상황을 고려사에서는 다음과 같이 기록하였다.

> 명주 가까이 왔을 때 (부인의 남편) 김종연金宗衍이 소식을 듣고 진부역珍富驛까지 마중 나와 부부가 서로 보고 기뻐했다. 김천이 (부모에게) 술잔을 들어 올리고 통곡하니 좌중이 모두 눈물을 흘렸다. (부인의 아버지) 김자릉金子陵은 그때 나이 79세였다. 그는 딸을 보자, 어찌나 기뻤던지 땅에 쓰러져 일어날 줄 몰랐다.
>
> —『고려사高麗史』권121, 「열전」 제34 효우김천孝友金遷

꿈같은 하루를 보낸 김천 가족 일행은 날이 밝자 서둘러 진부역사에서 준비한 관용 마차를 타고 대관령을 넘어 강릉부에 이르렀다.

홍제동에 이르자 소식을 듣고 주변 모든 고을에서 몰려온 사람들로 남대천 강변은 이미 북새통이 되어 있었다. 강릉부사는 직접 나와 이들을 맞았다.

남대천을 따라 강릉도호부에 이르는 길가에는 많은 사람
이 소식을 듣고 몰려나와 김종연 가족 일행이 지나가는 것
을 지켜보며 칭송했다.

강릉부사는 김종연 가족을 강릉도호부 안에 있는 객사客
舍로 안내하고 극진하게 예를 갖추어 대접했다.

강릉대도호부의 객사는 고려시대부터 강릉에 부임하는
중앙 관리들이 머무는 곳이었다. 그리고 부사의 특별 지시
로 김천 가족을 위한 주연을 베풀어 이들을 격려했다.

"조정에서도 특별히 지시해서 김천의 효행을 온 나라에
본보기가 되도록 알리라고 했소. 그대들은 우리 강릉부의
자랑이오."

김천의 가족들은 주위 사람들의 부러움과 칭송을 들으며
기쁨에 겨워 꿈같은 시간을 보냈다.

이튿날 김천 가족 일행은 강릉도호부에서 준비한 역마를
타고 안인진과 정동진을 거쳐 밤재를 넘어 마침내 우계현
에 이르렀다.

우계현에서도 현령을 비롯한 관리와 마을 사람들이 너
나 할 것 없이 징과 꽹과리를 치며 몰려들어 대대적인 환영
행렬이 이어졌다.

김천 가족은 우계현 관아의 극진한 대우를 받으며 무사

히 고향으로 돌아왔다.

김순도 기족 일행과 함께 현내리에 도착하여 사흘 동안 극진한 환대를 받았다.

그는 아쉬움을 뒤로 하고 다음을 기약하며 김천과 헤어져 다시 강릉부로 돌아갔다.

고향으로 돌아온 김천은 그후 자나 깨나 아우 덕린을 구해낼 방안을 찾기에 골몰하였다. 아무리 생각해도 역시 방법은 속전을 빨리 모으는 일이었다.

이미 모친을 속량하는 과정에서 얼마의 돈이 필요한지 그 규모를 알고 있었으므로 열심히 돈을 모으는 방법밖에는 없었다.

온 가족이 힘을 합쳐 노력한 끝에 5년이 지나자 어느 정도 돈이 마련되었다.

김천은 강릉부로 가서 역관의 도움을 받아 원나라 북주 천로채에 사는 천로天老에게 기별을 보냈다.

김씨 부인이 돌아온 지 6년이 지난 이듬해 1282년 여름, 천로의 아들이 김천 모자와 이별할 때 약속한 대로 아우 덕린을 데리고 강릉부로 찾아왔다는 기별이 왔다.

소식을 전해 들은 김천은 한걸음에 강릉부로 달려갔다.

친구로부터 기별을 들은 김순도 강릉부로 와서 함께 덕린을 만났다.

두 사람은 천로의 아들과 아우 덕린을 모셔와서 현내리 마을로 와서 성대하게 잔치를 열었다.

10대 초반이었던 김덕린은 어느새 40대에 접어든 장년의 모습이 되어 있었다.

가족들은 덕린을 보면서 세월의 무상함을 뼈저리게 느꼈다. 너무나 가슴 아픈 현실이었다. 현내리 마을에서는 몽골군의 포로로 잡혀가 아직도 그 소식을 모르는 가족들이 많았기 때문에 마냥 기뻐할 수만은 없는 일이었다.

김천 가족은 속전贖錢으로 은銀 86냥을 주고 아우 덕린을 노비 신분에서 해방시켰다.

당시 속량의 비용으로 보통 은銀 150냥을 내야 했으나, 천로의 배려로 절반에 해당되는 돈으로 해결되었다. 그래도 김씨 부인의 몸값이 55냥이었던 데 비해, 덕린은 남자이고 젊었기 때문에 그의 몸값이 훨씬 더 비쌌다.

김천의 가족은 천로의 배려에 감사를 전했다. 천로의 아들은 우계현에서 며칠 동안 김천의 가족들로부터 융숭한 대접을 받고 만주로 다시 떠났다. 김천의 가족은 그에게 많은 선물을 주고 배웅했다.

김천은 부지런히 일을 하여 몇 해 지나지 않아 속량을 위해 빌렸던 돈을 모두 갚았다. 그리고 아우 덕린과 함께 형제의 우애를 돈독하게 이어가면서 부모님이 돌아가실 때까지 효성을 다하였다.

포로로 잡혀가 죽은 줄만 알았던 어머니가 원나라에서 종살이하고 있다는 소식을 14년 만에 듣고, 수만 리나 떨어진 만주까지 가서 어머니를 구한 김천의 효행이야말로 실로 상상하기 힘든 일이 아닐 수 없다.

전설과 같은 그의 효행이 저잣거리에서 오랫동안 회자되면서 진정한 효자의 반열에 올라 자연스럽게 『고려사』「효우열전」에 기록으로 남아 오늘에 전하게 된 것이다.

김천은 운이 좋게도 어머니와 동생이 살아 있다는 소식을 전해 듣고 각고의 노력 끝에 그들을 속신시켜 행복하게 살았지만, 대다수의 고려인 포로는 말도 통하지 않는 침략자의 나라 낯선 땅에서 노예처럼 살다 비참하게 죽었다.

한 가지 눈여겨 볼만한 점은 김씨 부인의 남편 김종연과 그 가문이 부인을 따뜻하게 맞이한 점이다. 이는 조선시대 양반사대부들의 태도와 비교가 되는 부분이다.

병자호란이 끝난 후, 조선의 양반 가문에서는 부인이나 며느리가 청나라의 포로로 끌려갔다 환속했을 때, 오랑캐

에게 단지 포로로 잡혀갔다가 돌아왔다는 이유만으로 환향
녀還鄕女라는 오명을 쓰고 가문에서 쫓겨나거나 이혼당하는
등, 나라 전체가 사회적으로 큰 문제가 되었던 사실과 비교
가 된다.

『고려사』 열전에 실려있는 효자 김천의 이야기는 전쟁의
참혹함과 그로 인해 고통받는 백성들의 삶을 그대로 보여
준다.

역사의 이면에는 항상 고통 받는 민중들의 눈물과 애환
이 녹아 있었다.

천여 년 전 이역만리의 낯선 땅으로 끌려간 우리 선조
들의 아픔이 고스란히 남아 전해지는 김천 가족의 고사故
事는 읽는 이로 하여금 많은 생각과 함께 깊은 감동을 전
하고 있다.

고려사에 실려 전하는 우리 역사상 전무후무한 대효자
김천의 '엄마 찾아 3만리' 이야기는 당시 뿐만 아니라 오늘
을 살아가는 우리에게 시대를 관통하는 교훈으로 자리매김
하고 있다.

효자 김천金遷의 가계家系

필자는 이 글을 연재하면서 효자 김천金遷의 가계家系와 직계 후손에 대한 기록을 찾기 위해 관련 자료 수집에 나섰다.

그리고 여러 차례 현지를 답사하면서 백방으로 탐문 조사를 병행하면서 추적에 나섰다.

김천의 가계와 직계 후손에 대한 기록을 추적하는 일은 쉽지 않았다. 그래도 유추해 볼 수 있는 몇 가지 내용으로 그 가계의 흔적은 대략 짐작할 수는 있었다.

당시 효자 김천의 이야기가 전국적으로 알려져 온 국민으로부터 칭송이 자자했던 점과, 그의 효행이 『고려사』에 기록이 되었을 정도로 조선 초기까지 기록이 유지되었던 점을 고려해 보면, 필자는 그의 후손은 옥계면이 아니라도 강릉 일대에서 대를 이어 가계를 유지하고 있을 확률이 높다고 생각했다.

거기에다 고을 사람들이 그의 효행을 기리는 비석과 정

김천金遷 효자비孝子碑
원래 강릉시 옥계면 현내리 마을 입구 길가에 있었으나,
최근 사거리에 효자김천공원을 조성하여 옮겼다.

표旌表를 세웠다는 기록은 주목된다.

정표는 어떤 선행이나 표창할 일이 생겼을 때 조정에서 특별히 내리는 상징물이었다는 점을 고려하면, 김천의 후손들은 당연히 현내리에서 대를 이어가며 자랑스러운 조상의 효행을 기려왔을 것이다.

더구나 오늘에 이르기까지 마을에서 제사를 이어오고 있다는 점은 그의 후손이 이곳에 터를 잡고 뿌리 내리고 있다는 것을 짐작하기에 좋은 사실이었다.

그러나 필자의 예상은 완전히 빗나갔다. 마을에 세워진 효자각孝子閣에서 해마다 마을 제사를 이어오고 있는 사실은 확인했으나, 그의 후손에 대해 단서를 찾을만한 것이 전혀 남아있지 않았다.

몇 가지 유추해 볼 수 있는 내용을 근거로 시작된 추적 과정도 역시 쉽지 않았다. 다행히 최용규 옥계 면장과 현내리 방대근 이장이 적극적으로 도와주서서 큰 도움이 되었다. 특히 방대근 이장께서 강릉김씨 대종회에 요청하여 받은『강릉김씨대동보江陵金氏大同譜』를 보내온 것은 이 작업의 출발이었다.

필자는 방대근 이장으로부터 전해 받은『강릉김씨대동보江陵金氏大同譜』를 뒤지면서 추적을 시작했다.

오랜 추적 끝에 마침내 그의 기록이 나타났다.『강릉김씨대동보』1권 상계上系 17세世 기록(1권 18쪽)에서 그의 기록을 찾았다. 계파는 '효자공파孝子公派'이다. (그림1 참조)

효자 김천의 부친은 '종련宗鍊'이고 그의 이름은 '천遷'이 아닌 '전戩'으로 기록되어 있었다.

족보에 실린 그의 기록은 다음과 같다.

1244년 고려 고종 갑진년에 태어났다.

천하대효자天下大孝子.

고종 46년(1259)에 명주 우계 지방에 몽골군에 의하여 모친

효자 김천(金遷) 세보(世譜)
강릉김씨 대동보

江陵金氏大同譜　一卷　上系

十三世　十四世　十五世　十六世　十七世　十八世　十九世

事敎升

用文 용문　戶長

端叔 단숙　一九三三年高麗宮　宗癸酉生戶長　우계현호장으로 재임무계현호장으로 재

子光柱 광주　兵正
婿呂光 여광　副長
婿金光希 　戶長
婿金純右 　副長
子黃品 황품　一一〇年高麗家　宗康寅生戶長무계현호장세

子就明 취명　一六九年高麗哉　宗己丑生戶長　호장우계현호장세

子宗鍊 종련　一二〇七年高麗照　宗丁卯生　金氏父進士金용高　宗四十六年一二五　九年몽고명이 납치되어 四十九년만에 키환하시었다

子職 전　一二四四年高麗高　宗甲辰生　宗四十고금四十　六年一二五九年에천하대효고금에비할수없는 몸고행에 의하여 오인김씨와 동생

子永壽 영수　戶 都令都　戶子현음十二년신미

子長壽 장수　장수

子仁壽 인수　인수
婿全忠孝　旌善人 進士
仁同張氏 ⊞光姜

子世永 세영
子世明
婿奇元 기원　一八
子仁奇 인기

라 심양에 살아있음을 알고 죽음을 우동쓰고 신나라에 들어가 서민에 효낭의 몸값을 지불하고 모친을 모시고 六년만에 귀국하여 이듬해 이 충열왕이 하늘이 내린효자라 하여 상을 내리고 효자비를 세워주고 지영을 효자리라 불리고있고 비석지 당우회재로 지정

(그림1)

김 씨와 동생 덕린이 납치되었다. 14년 만에 (모친과 동생이) 원나라 심양에 살아있음을 알고 죽음을 무릅쓰고 원나라에 들어갔다.

(그는 만주 북주 천로채北州天老寨를 찾아가) 서린백호가에 백금 55냥의 몸값을 지불하고 모친을 모시고 6년 만에 귀국하였다. 이 사실을 알게 된 충렬왕이 하늘이 내린 효자라 하여 대상을 내리고 효자비를 세워주었다.

(그 뒤로) 이 마을의 지명이 효자리라고 불리고 있으며, 비석을 지방문화재로 지정했다.

족보 기록을 보면, 효자 김천은 아들 셋에 딸 하나를 두었다. 그러나 장남과 차남을 제외하고는 후계後系 기록이 없다. 차남도 아들을 두었으나 후계의 기록이 없다.

장남 영수永壽는 2남 1녀를 두었고 차남 세명世明이 19세世로 계보(1권 48쪽)를 잇는다(그림2 참조).

세명世明은 경기도 양주楊州에 벼슬살이를 한 기록이 있고 그 후부터 자손들 모두 사후 묘墓의 위치는 양주로 되어 있다.

그러므로 19세世 세명이 양주에 관리로 부임하면서 가족이 모두 이주한 것으로 보이고, 이때 우계현에서 김천의 직

효자 김천(金遷) 세보(世譜)
강릉김씨 대동보

江陵金氏大同譜 一卷

十九世	宗諱=誠=永壽 世明(세명)
二十世	子成仁(성인)
二十一世	子游(유) / 子淀(정) / 子洋(반)
二十二世	壻崔洵(최순) / 子承一(승일) / 子承朝(승조) / 子自義(자의)
二十三世	子文益(문익) / 子元益(원익) / 子祥益(상익) / 子弘益(홍익) / 子芳慶(방경)
二十四世	子尚弼(상필) / 子尚吉(상길) / 子尚德(상덕) / 子尚仁(상인) / 子業熙(업희)
二十五世	子泰成(태성) / 子泰亨(태형) / 子泰壽(태수) / 壻崔孝允 / 子泰仁(태인) / 子泰正 / 子泰俊(태준)

(그림2)

계가족은 모두 양주로 떠났다고 보는 것이 합리적인 추론이다.

대동보에서 그의 계보는 41세世까지 이어진다.

현대에 이르러 38세世 성기成起의 장남 흥남興南(1928년생)은 서울지방법원(지금의 서울중앙지방법원) 주사로 퇴직한 다음, 미국 L.A.로 이민 갔다.

그의 계보를 잇는 장남 태래太來(1966년생)와 차남 장래長來(1971년생)와 딸 혜옥惠玉(1958년생)도 아마 미국에 살고 있을 것으로 보인다(그림5 참조).

그의 차남 경남庚南(1930년생)에 대한 기록은 주목되었다. 그는 효자공의 업적을 기리기 위해 많은 노력을 기울였다.

족보에는 그가 종중의 대소사에 성심을 다해 진력했으며, 특히, 효자공파 파보를 간행하는 등 자랑스러운 조상의 계보를 보존하기 위해 노력했다 하여 다음과 같이 적었다.

"1930년(경오년) 1월 2일생이다. 동백화원을 자영하고 있다. 크고 작은 종중 일에 성심성의를 다해 힘을 쏟았고 효자공파 파보 발간 위원장을 맡았다." (一九三〇年 庚午 正月二日生 冬 栢花園自營, 大小宗中事, 誠心盡力, 孝子公派譜, 發刊委員長)

효자 김천(金遷) 세보(世譜)
강릉김씨 대동보

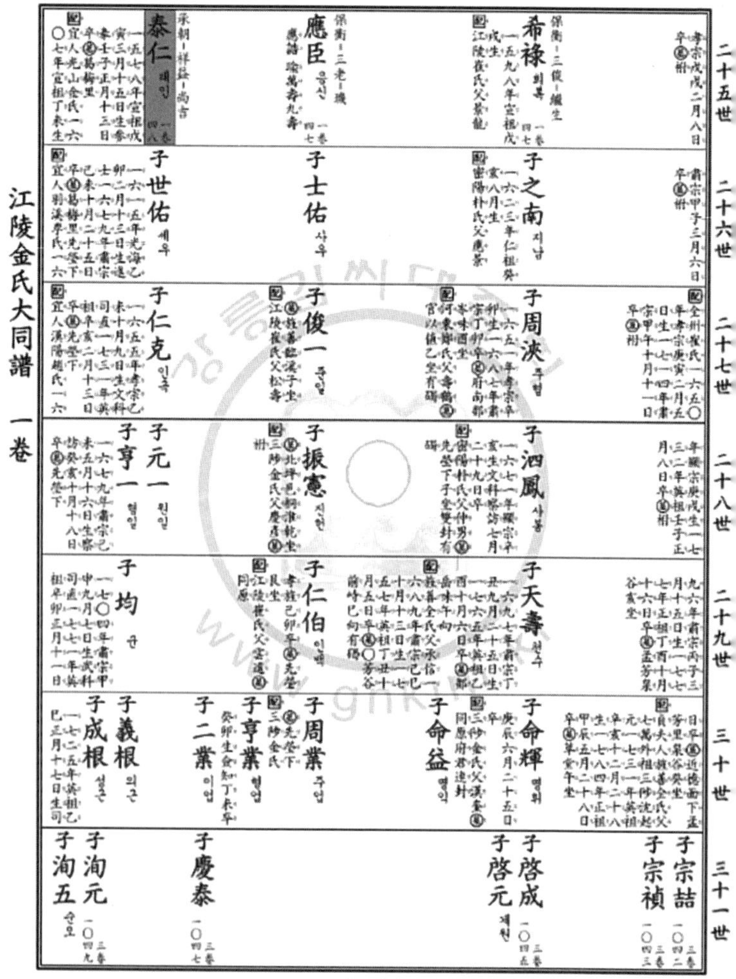

右側 世代 표기: 二五世 · 二六世 · 二七世 · 二八世 · 二九世 · 三十世 · 三一世

주요 인물명(世代別):

- 二五世: 泰仁(태인), 應臣(응신), 希祿, 孝宗戊戌二月八日
- 二六世: 子世佑(세우), 子士佑(사우), 子之南(지남), 肅宗甲子三月六日
- 二七世: 子仁克(인극), 子俊一(준일), 子周浹(주협), 全州李氏父
- 二八世: 子元一(원일), 子振憲(진헌), 子泗鳳(사봉)
- 二九世: 子均, 子仁伯(인백), 子天壽(천수)
- 三十世: 子成根, 子義根(의근), 子二業(이업), 子亨業(형업), 子周業(주업), 子命輝(명휘), 子命益(명익)
- 三一世: 子洵五, 子洵元, 子慶泰, 子啓成, 子啓元(계원), 子宗禎, 子宗喆

효자 김천(金遷) 세보(世譜)
강릉김씨 대동보

江陵金氏大同譜 三卷

三十一世	洵元
三十二世	子 昇熙
三十三世	子 宗學
三十四世	子 秉淵　／　子 秉俊
三十五世	子 演秀　／　子 演夏　／　子 演澤
三十六世	子 興卿　／　子 和卿　／　子 永卿　／　子 萬卿
三十七世	子 振漢　子 振順　／　子 振成　子 振元　／　子 振順　／　子 振萬　子 振國

(그림4)

— 『강릉김씨대동보』 10권 39세(世) (1,199쪽)

이 기록을 통해 확인할 수 있듯이 경남은 종중 대소사에 성심 온 힘을 다해 참여했다.

특히 그가 자신의 계보인 효자공파 파보 발간 위원장을 맡아 파보를 발간 책임을 다했을 정도였다면, 그는 분명히 자신의 계파 중시조가 『고려사』 「열전」 효우편에 실려 있는 천하대효자 김천임을 알고 있었음이 분명하다. 또, 그의 자녀들도 그런 사실을 잘 알고 있었을 것이다.

필자는 족보에 실린 기록에 근거하여 그가 자영했다는 동백화원을 찾으려고 인터넷을 뒤지고 백방으로 수소문하였으나 안타깝게도 구리시에 그런 이름을 가진 화원은 없었다.

필자는 그의 계보를 추적하면서 그와 그의 직계 후손을 아는 사람을 만나기 위해 노력했으나 그의 후손이 경기도 구리시에 살고 있다는 것을 추측할 뿐, 더 이상 추적하기가 쉽지 않았다.

족보 기록에 나오는 그의 장남 일래一來(1964년생), 차남 동현東炫(1996년생)도 개인정보 보호라는 법적인 문제 때문에 더 이상 추적할 수 없었다. 실로 안타까운 일이다.

효자 김천(金遷) 세보(世譜)
강릉김씨 대동보

秉俊 — 濟澤 — 萬御

三十七世	振萬
三十八世	子成起
三十九世	子興南 / 子庚南
四十世	子太來 / 子長來 / 女惠玉 / 子一來 / 女惠英 / 女惠淑 / 女庭仙 / 女美仙
四十一世	子東炫 / 女承河
四十二世	
四十三世	

(그림5)

그러나 필자의 추적은 계속될 것이고 언젠가는 자랑스러운 천하대효자 김천의 후손을 만날 수 있으리라고 확신한다.

나가는 말 後記

효자 김천의 감동적인 고사가 전해지는 곳은 오늘날 행정구역으로는 강원특별자치도 강릉시 옥계면 현내리다.

마을은 남, 서, 북 3면이 백두대간의 웅장한 산들로 병풍처럼 둘러싸여 빼어난 산수 경치를 자랑하고 있다. 동쪽으로는 금진항金津港으로 이어지는 평야 지대로 형성되어 마치 어머니의 품에 안겨있는 것 같은 아늑한 느낌을 주는 곳이다.

현내리는 원래 강릉군 우계현羽溪縣의 소재지로 1916년에 향교말, 드릉담, 잿말, 장거리를 합쳐 현내리라 했다. 옥계의 옛 지명이 옥천현玉泉縣이었을 때 고을 현감이 살던 곳이었다.

오늘날 옥계의 면사무소, 옥계초등학교, 우체국, 파출소,

최용규 면장과 방대근 이장과 함께 찍은 사진

보건지소, 농협, 축협, 한국도로공사 강릉지부 등의 공공기관이 있고, 4일과 9일에 이곳에서 장이 선다.

필자가 옥계를 처음 찾았을 때, 최용규 면장은 휴일인데도 현내리 방대근 이장과 함께 현내리 일대를 함께 돌면서 안내해 주었다. 그는 마을에서 전해 내려오는 전설과 설화 그리고 효자 김천의 내력에 관한 이야기를 들려주었다.

두 분은 김천의 효행이 고려시대는 물론 조선 후기에 이르기까지 온 나라 백성이 본보기로 삼았을 정도였다는 필자의 이야기를 들으면서 많이 놀라워했다. 왜냐하면, 그렇게 알려진 효행에 비해, 마을에 남아있는 사적事蹟은 초라하기 그지없기 때문이었다.

최용규 면장은 옥계면에 전하는 효자 김천의 효행이 고려사 기록에 전할 정도로 훌륭한데도 불구하고, 오늘날의 모습은 길가에 비석 하나로 흔적만 남기고 있을 뿐이라는 점을 지적하면서, 효자 김천의 효행이 주변에 더 많이 알려질 수 있도록 그의 유적지를 다시 정비하는 등, 면장으로서 최선을 다하겠다고 다짐했다.

최용규 면장은 옥계면장으로 부임한 이래, 옥계면玉溪面이 주변 동해안 관광지로 주목받는 정동진과 심곡항에 연접해 있는 지리적 이점을 최대한 활용하여 새로운 옥계의 이미지를 만들었다.

옥계에는 정동진과 심곡항에 비해 전혀 부족함이 없는 금진항과 금진온천이 있기 때문이다.

거기에 효자 김천의 이야기를 스토리텔링으로 엮어낸다면 새로운 관광명소로서 옥계의 위상을 만들어낼 수 있다고 보기 때문이다.

최용규 면장은 '옥계玉溪'라는 지명이 대중에게 기억하기 쉬운 이미지를 부각하기 위해 '옥계 OK, 다시 옥계'라는 슬로건을 만들었다. 그는 슬로건을 옥계IC 입구에 조형물로 만들어 세워놓고 홍보하고 있다.

효자김천공원

동해고속도로에서 옥계IC를 빠져나오면 바로 시야에 들어오기 때문에 누구에게가 미소를 짓게 만드는 친근감이 일어나는 슬로건이다.

요즘 옥계를 한 번이라도 찾은 젊은이들 사이에서 "옥계? OK"라는 신조어가 생겨날 정도로 인기가 급상승하고 있는 것을 보면, 그의 노력이 성과를 내기 시작하는 것으로 평가할 수 있다.

나이가 젊은 면장일 뿐만 아니라, 생각이 젊은 아이디어가 많은 면장으로서의 면모가 돋보이는 행보라 하겠다.

앞으로 강릉시 옥계면이 효자 김천의 고사故事를 스토리

텔링 하여 동해안 관광지의 새로운 명소로서 주목받기를 간절히 바란다.

최용규 면장이 임기를 마치고 강릉시청으로 전보되기 직전, 마침내 효자 김천 공원이 마을 사거리에 세워졌다.

새로 만들어진 효자공원에서 열린 제사에는 강릉김씨 대종회에서도 관심을 가지고 참석했다. 지금까지 그래왔듯이 이 행사는 계속 이어질 것이다.

최용규 면장은 떠났지만, 방대근 이장을 중심으로 현내리 마을 사람들의 노력은 앞으로도 계속 이어질 것이다.

앞으로 더 많은 사람이 하늘이 내린 천하대효자 김천金遷의 효행을 기억하고 그의 효행을 기릴 수 있기를 기대해 본다.

원문原文

金遷, 溟州吏, 小字海莊. 高宗末, 蒙古兵來侵, 母與弟德麟被
虜. 時遷年十五, 晝夜號泣, 聞被虜者多道死, 服衰終制. 後十四年,
有百戶習成自元來, 呼溟州人於市三日. 適旌善人金純應之, 成曰,
"有女金氏在東京云, '我本溟州人, 有子海莊.' 托我以寄書. 汝識海
莊否?" 曰, "吾友也." 受書持以與遷. 書云, "予生到某州某里某家
爲婢. 飢不食寒不衣, 晝鋤夜舂 備經辛苦, 誰知我死生?" 遷見書痛
哭, 每臨食, 嗚咽不下. 欲往贖母, 家貧無貲 貸人白金, 至京請往尋
母, 朝議不可, 乃還.

<번역>

김천이 몽고의 포로가 된 어머니의 편지를 받고 통곡하다

김천金遷은 명주溟州의 향리로서, 어렸을 때 이름은 김해
장金海莊이다. 고종高宗 말에 몽고병이 침략하였는데, 모친과
동생 김덕린金德麟이 적의 포로가 되었다.

당시 그의 나이 15세였는데, 밤낮으로 울다가 포로로 잡
힌 사람들이 끌려가는 도중에 거의 죽었다는 말을 듣자 상
복을 입고 거상을 마쳤다. 그 후 14년 뒤에 백호百戶 습성習
成이란 자가 원元에서 오더니 명주사람을 저자거리에서 3일
동안이나 찾았다.

마침 정선旌善 사람 김순金純이 여기에 응하여 가보니 습

성이 말하기를, "동경東京에 사는 김씨 성을 가진 여자가 '자신은 원래 명주 사람으로 해장이란 아들이 있다.'고 하면서 나에게 편지를 전해달라고 부탁하였소. 당신은 해장을 아시오?"라고 물었다.

〈김순이〉 말하기를, "나의 친구요."라고 대답하고 그 편지를 받아 김천에게 전해 주었다.

편지에서 이르기를, "나는 살아서 어느 주州의 어느 마을 어떤 집으로 들어가 종이 되었다. 배가 고파도 먹지 못하고 추위도 입지 못하면서 낮에는 밭을 매고 밤에는 방아를 찧으며 온갖 고생을 겪고 있으니, 내가 살았는지 죽었는지 누가 알겠느냐?"라고 되어 있었다.

김천이 편지를 보고 통곡하여 밥 먹을 때마다 목이 메어 밥을 넘기지 못하였다. 모친 있는 곳을 찾아가 돈을 주고 되찾아 오고 싶었지만, 집이 가난하여 돈을 마련할 수 없었다.

그러다가 다른 사람에게 백금을 빌려서 개경으로 가서 모친을 찾으러 가겠다고 요청하였지만, 조정에서 허락하지 않으므로 돌아왔다.

至忠烈王入朝, 又求往, 朝議如初. 遷久留京, 衣敝粮罄, 鬱悒無聊, 道遇鄕僧孝緣. 涕泣求哀. 孝緣曰, "吾兄千戶孝至, 今往東京, 汝可隨去." 卽…囑之. 或謂遷曰, "汝得母書已六載, 安知母存沒?

且不幸中途遇賊, 徒喪身失寶耳." 遷曰, "寧往不得見, 豈惜軀命?"

遂隨孝至入東京, 與本國譯語別將孔明, 歸北州天老寨, 尋訪之母在. 至軍卒要左家, 有一嫗出拜, 衣懸鶉, 蓬髮垢面, 遷見之, 不知其爲母也. 明日, "汝是何如人?" 曰, "予本溟州戶長金子陵女, 同産進士金龍聞已登第. 予嫁戶長金宗衍, 生子二, 曰海莊·德麟. 德麟隨我到此, 已十九年, 今在西隣百戶天老家爲奴. 何圖今日復見本國人?" 遷聞之, 下拜涕泣, 母握遷手泣曰, "汝眞吾子耶? 吾謂汝爲死矣." 要左適不在, 遷不得贖, 乃還東京. 依別將守龍家, 居一月, 與守龍復往要左家請贖, 要左不聽. 遷哀乞, 以白金五十五兩贖之, 騎以其馬, 徒步而從. 德麟送至東京, 泣曰, "好歸好歸. 今雖不得從, 如天之福, 必有相見之期." 母子相掩泣不能語. 會中贊金方慶回自元, 至東京, 召見遷母子, 稱嘆不已, 言於摠管府, 給引廚傳以送. 將至溟州, 宗衍聞之, 迎于珍富驛, 夫婦相見而喜. 遷擧酒以進, 退而痛哭, 一座莫不潸然. 子陵年七十九, 見女喜劇倒地. 後六年, 天老之子携德麟來, 遷以白金八十六兩贖之. 未數歲, 盡償前後所貸白金, 與弟德麟終身盡孝.

<번역>

김천이 원 동경에 가서 어머니를 속환하여 오다

〈김천金遷은〉 충렬왕이 입조入朝하게 되자 다시 〈원에 어머니를 구하러〉 가기를 요청했지만, 조정이 논의는 처음과 같았다.

〈김천이〉 오랫동안 개경에 머무르느라 옷은 해어지고 양식이 떨어져 울적하고 무료하게 지내다가 우연히 길에서 같은 고향의 승려 효연孝緣을 만났다. 그에게 울면서 사정을 하소연하였다.

효연이 말하기를, "자기 형인 천호千戶 효지孝至가 마침 동경東京에 가니 너도 따라갈 수 있을 것이다."라며, 곧 부탁해 주었다. 어떤 사람이 김천에게 말하기를, "당신이 모친의 편지를 받은 것이 6년 전인데 어찌 아직 살아 계신지 어찌 알겠소? 또 불행히 도중에 도적이라도 만나면 공연히 목숨과 재물만 잃을 뿐이오."라고 하였다.

김천은 말하기를, "가서 만나보지 못할지언정, 어찌 목숨을 아끼겠소?"라고 하였다.

마침내 효지를 따라 동경으로 가서는 고려 역어별장譯語別將인 공명孔明과 함께 북주北州 천로채天老寨로 찾아가 모친 있는 곳을 수소문하였다. 군졸 요좌要左의 집에 당도하니 한 노파가 나와 절하는데 다 떨어진 옷에 쑥대머리를 하고 얼굴에는 때가 끼어 김천이 보고도 자기 모친임을 알지 못하였다.

공명이 말하기를, "그대는 어떤 사람인가?"라고 묻자, 그 노파가 대답하기를, "저는 본래 명주 호장戶長 김자릉金子陵

의 딸입니다. 오빠인 진사進士 김용문金龍聞은 과거에 급제하였습니다. 저는 호장 김종연金宗衍에게 시집가서 아들 둘을 낳았는데 이름은 김해장, 김덕린이라고 합니다. 김덕린은 저를 따라 여기에 온 지가 19년이나 되었는데, 지금 서쪽 이웃에 사는 백호百戸 천로天老 집의 종으로 있습니다. 오늘 다시 고려 사람을 만날 것이라 어찌 생각이나 했겠습니까?”라고 하였다.

김천이 그 말을 듣자 엎드려 절하고 눈물을 흘리며 우니, 모친도 그의 손을 잡고 울면서 말하기를, “네가 정말 내 아들이냐? 나는 네가 벌써 죽은 줄로만 생각했구나.”라고 하였다.

요좌가 마침 집에 없어 김천이 모친을 구해내지 못하고 동경으로 돌아왔다. 별장 수룡守龍의 집에 한 달을 머물다 수룡과 함께 다시 요좌의 집에 가서 속량하길 요청하였는데, 요좌가 듣지 않았다. 김천이 애걸한 끝에 은 55냥兩을 주고 속량한 후 말에 태우고 자신은 걸어서 따라갔다.

김덕린이 전송하러 동경에 와서는, “편안히 돌아가세요. 지금은 비록 따라가지 못하지만 만일 하늘의 복이 있으면 반드시 서로 만나는 것을 기약할 것입니다.”라고 흐느끼니 모자가 서로 안고 울면서 말을 잇지 못하였다.

마침 중찬中贊 김방경金方慶이 고려로 돌아가는 길에 동경에 당도했는데, 김천 모자를 불러 보고 칭찬을 그치지 않았으며, 총관부總管府에 부탁해 〈여로에〉 음식과 숙박 시설을 제공받을 수 있도록 주선하여 보냈다.

명주에 당도할 즈음에 김종연이 그 소식을 듣고 진부역珍富驛에서 맞이하니 부부가 재회의 기쁨을 나누었다. 김천이 부모에게 술을 따라 올리고 물러나 통곡하니, 지켜보던 사람들 가운데 울지 않는 이가 없었다. 김자릉은 그때 79세였는데 딸을 보고 기뻐하다가 기절하였다.

그 후 6년 뒤에 천로天老의 아들이 김덕린을 데리고 오자 김천이 은 86냥兩을 주고 속량시켰다. 몇 해 지나지 않아 〈모친과 동생을 속량하기 위해〉 빌린 백금을 모두 갚고 동생과 함께 평생 효도를 다하였다.

■ 출전 : 『동국신속삼강행실도東國新續三綱行實圖』* 1집 「효자도孝子圖」 제1권 김천속모金遷贖母

金遷贖母

鄕吏金遷江陵府人 高麗高宗末 蒙兵來侵 母與弟德麟被虜時 遷年十五 晝夜呼泣 聞被虜者多道死 服衰終制 後十四年 有百戶習成自元來傳遷母書 遷知母在北州天老寨尋訪見之以白金五十五兩贖之而還 後六年德麟亦來兄弟終身盡孝 鄕人立石刻曰 孝子里以旌之

향니 김쳔은 강릉부 사름이라 고려 고종 말애 몽고병이 와 침노홀시 어미 아오 덕린으로 더브러주 사ᄅ잡픔을 닙으니 시예 쳔이 나히 열다ᄉ신 제로듸 자픔을 니븐 사름이 길헤 주그리 만탄 말 듯고 몽상니버 복제ᄂᆞᆯ 뭇찬더니 홋 열네 ᄒᆡᆺ만애 빅호 습셩이 원으로브터 오리 이셔 쳔의 어미 유모ᄂᆞᆯ 뎐히여ᄂᆞᆯ 쳔이 어믜 븍쥐 텬로채예 인ᄂᆞᆫ 줄 알고 ᄎᆞ자 가보아 은 쉰단냥으로ᄡᅥ 사도라 오니라 홋 여ᄉ 힛만애 아오 덕린이 ᄯᅩ 오나ᄂᆞᆯ 형뎨 죵신토록 효도ᄅᆞᆯ

---

*조선 광해군 9년(1617)에 왕명으로 홍문관부제학 이성李惺 등이 편찬한 책이다. 이는 조선 초기에 간행된 삼강행실도속삼강행실도三綱行實圖續三綱行實圖의 속편으로서, 임진왜란 이후에 정표旌表를 받은 충신, 효자, 열녀의 도화圖畵와 한문과 한글언해를 붙여서 발행하였다.

다ᄒᆞ니 일향 사ᄅᆞᆷ이 돌흘 셰워 사겨 닐오ᄃᆡ 효ᄌᆞ ᄆᆞ을히
라 하여 ᄡᅥ 포ᄒᆞ니라.

<번역>

김천속모 - 김천이 어머니를 사다

　향리인 김천은 강릉부 사람이다. 고려 고종 말에 몽고병
이 쳐들어 왔으므로 어미와 아우 덕린이 함께 사로잡혀 갔
다. 이때 천의 나이 열다섯이었다.

　포로가 된 사람들이 길에서 죽은 이가 많다는 말을 듣고
상복을 입고 장제를 마쳤다. 그 뒤로 열네 해 만에 백호 습
성習成이 원나라에서 와서 천의 어미 안부를 전하였다.

　김천 어머니가 북주 천로채에 살아 있음을 알고 찾아가
은 쉰닷 냥을 주고 사서 돌아왔다. 그 뒤 여섯 해 만에 아우
덕린이 돌아왔다.

　형제가 평생 효도를 다하니 고장 사람들이 돌비를 세우
고 새겨 이르되, '효자마을'이라 하니, 정표를 세웠다.

'역자 | 정호완 / 2015년 5월 15일'

한국사 비사秘史 열전 2
엄마 찾아 3만 리-효자 김천金遷 이야기

초판 1쇄 발행   2026년 3월 15일

지은이   장원섭

펴낸이   김왕기
편집부   원선화, 김한솔
디자인   푸른영토 디자인실

펴낸곳   **푸른영토**
          주소   경기도 고양시 일산동구 호수로 606 A동 908호
          전화   전화 | 031-925-2327 · 팩스 | 031-925-2328
          등록번호   제396-2013-000070호
          홈페이지   www.blueterritory.com
          전자우편   book@blueterritory.com

ISBN 979-11-92167-05-3   03810
ⓒ장원섭, 2026